新潮文庫

郵便配達は二度ベルを鳴らす

ジェームズ・M・ケイン
田口俊樹訳

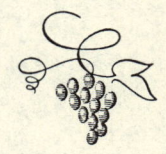

新潮社版

10013

郵便配達は二度ベルを鳴らす

主要登場人物

フランク・チェンバース…食堂の従業員
ニック・パパダキス………食堂の経営者。ギリシャ人
コーラ・パパダキス………ニックの妻
サケット……………………地方検事
キャッツ……………………コーラの弁護士
ホワイト……………………ニックの弁護士
ケネディ……………………探偵
マッジ・アレン……………猛獣の飼育者

1

午頃《ひる》、干し草を積んだトラックから放り出された。そのトラックにはまえの晩、国境の近くで飛び乗ったんだけれど、幌《ほろ》の下にもぐり込むなり、眠り込んでしまった。ティフアナで三週間過ごしたあとだったもんで、すごく眠たかったんだ。だから、エンジンを冷ますのにトラックが路肩に寄ったときもまだいぎたなく寝てて、片足が突き出てるのを見つけられて引きずり出されたというわけだ。おどけてご機嫌を取ってみたりもしたんだが、仏頂づらが返ってきただけだった。おふざけはまるで効かなかった。煙草《たばこ》を一本恵んではもらえたけど。何か食いものにありつけないかと、おれは道路を歩きはじめた。

そこでたまたま〈ツイン・オークス・タヴァーン〉を見つけたわけだ。カリフォルニアにはごまんとあるような、なんの変哲もないただの道路脇《わき》の安食堂だ。昼飯が食えるところが一階にあって、その階上《うえ》が店の人の住まいで、一方の端がガソリンスタンドになってて、奥には〝オートコート〟なんて呼ばれてるぼろいモーテルが六戸ばかり建ってた。おれはいそいそと店に飛び込むと、道路を見渡した。そうしてギリシア人が出てくるのを待って、キャデラックに乗ったやつが来なかったかなんて尋ねて、そのあと言いさした。そいつとここで落ち合って、一緒に飯を食うことになってるんだ、と。今日は見てないな、とギリシア人は言うと、テーブルのひとつを用意して、何を食べるか訊《き》いてきた。おれはオレンジジュースとコーンフレーク、目玉焼きとベーコン、エンチラーダ、ホットケーキ、それにコーヒーを頼んだ。ギリシア人はすぐにオレンジジュースとコーンフレークを持ってきた。

「いや、待ってくれ。ひとつ言っとかなきゃならないことがある。もしかしてそいつが来なかったら、このお代はつけにしてもらわなきゃならない。飯はそいつのおごりってことになってて、おれはというと、ちょいと手元不如意《ふにょい》でね」

「あいよ《ホーケー》、たらふくやりな」

やけにあっさり話が通じたんで、おれはキャデラックの男のことを話すのはもうやめた。だけど、実のところ、ギリシア人にはギリシア人の狙《ねら》いがあったんだ。それはすぐにわかった。

「なあ、あんた、何してる？　どんなことしてる？」とギリシア人は訊いてきた。

「まあ、あれやこれや、あれやこれや、だな。なんで？」

「歳《とし》は？」

「二十四」

「若いんだな、ええ？　若い男の手は今すぐにも借りたくてな。この店の手伝いに」

「あんた、いい店を持ってるよ」

「空気がいい。霧がない。ロスアンジェルスみたくな。霧、全然ない。空気がきれいでいい。ずっといい。ずっときれいだ」

「夜なんかもいいんだろうな。今ここにいても夜のにおいが嗅《か》げそうだ」

「よく寝れる。自動車のこと、わかるか？　修理したりとか？」

「もちろん。おれは生まれながらの修理工だ」

ギリシア人は空気のことをそのあともしばらく話した。さらに、この店を買って以来自分がずっと元気に暮らしてること、なのに、手伝いの者が長くいつかないのはなぜなのか、わけがわからないなんてことも話した。おれにはそのわけはよくわかったけど、そのときは食うことに専念した。

「なあ、ここ、気に入ったか？」

そのときにはおれはもうコーヒーの残りを飲み干して、ギリシア人がくれた葉巻に火をつけてた。「実際の話、ほかにも仕事の話があってさ。そこが問題だけど。だけど、考えてみるよ。考えて悪いわけがないものな、全然な」

そのとき、彼女を見たんだ。それまでは奥の厨房《ちゅうぼう》にいたんだが、おれの皿を片づけに出てきたんだ。体を別にすると、とりわけいい女というわけでもなかった。それでも、どこかすねたような顔をしてて、唇をとんがらせてた。こっちとしちゃ、ぐちゃぐちゃにしてもとの場所に押し戻してやりたくなるような、そんな唇だった。

「おれの女房だ」

彼女はおれを見もしなかった。おれはギリシア人に向かってうなずいて、葉巻をちょいとばかり振った。それしかしなかった。彼女は皿を持ってまた引っ込んだ。おれにしてもギリシア人にしても、彼女なんか現われもしなかったみたいな感じだった。そのあと、おれは店を出たんだが、キャデラックの男に伝言を残そうと五分でまた戻った。その店の手伝いをすることに決まるまで三十分ばかりかかったけど、その三十分が経《た》った頃には、おれはもうガソリンスタンドにいて、パンクを直してた。

「なあ、おまえさんの名前は？」

「フランク・チェンバース」

「おれはニック・パパダキス」

おれたちは握手を交わして、ニックは立ち去った。そのすぐあと、彼が歌を歌ってるのが聞こえてきた。いい声をしてた。ガソリンスタンドからは厨房がよく見えた。

2

三時頃、男がやってきた。誰かに車の三角窓にステッカーを貼《は》られて怒り狂ってた。蒸気をあてて剝《は》がさなきゃならなかったんで、おれは三角窓を取りはずして厨房に持っていった。

「エンチラーダか？　そう、あんたらはそういうのをつくるのがうまいよな」

「どういう意味、〝あんたら〟って？」

「そりゃ、あんたとミスター・パパダキスだよ。あんたとニック。昼におれが食わせてもらったやつ、絶品だったね」

「ふうん」

「布切れ、ないかな？　こいつをしっかり押さえて持つのに使えるような」

「あんたが言った〝あんたら〟ってそういう意味じゃない」

「そういう意味だよ」

「あんた、あたしのこと、メキシコ人だって思ってるでしょ」

「全然」

「いいえ、思ってる。そういうのはあんたが初めてじゃないけど。ねえ、ちゃんと頭に叩《たた》き込んどいて。あたしはあんたとおんなじくらい白いから。わかった？　髪が黒くて、見かけもそれっぽいかもしれないけど、あたし、あんたとおんなじくらい白いから。ここで愉《たの》しくやりたいなら、それを忘れないことね」

「おいおい、あんたは全然メキシコ人っぽくなんかないよ」

「わかったよね、あたしはあんたとおんなじくらい白いから」

「いや、わからない。だって、あんたはメキシコ人とは似ても似つかないだろうが。メキシコ女ってのはみんなケツがでかくて、脚とか悪くて、おっぱいなんか顎《あご》の下まで盛り上がってて、肌が黄色くて、ベーコンの脂《あぶら》をつけたみたいな髪をしてるやつらだ。あんたは全然ちがうだろうが。あんたは小柄で、きれいな白い肌をしてて、髪も柔らかでカールしてる。黒くはあっても。ただひとつあんたとメキシコ人が似てるのは歯だ。やつらはみんな白い歯をしてる。それだけは誰も敵《かな》わない」

「結婚するまえ、あたし、スミスっていったの。それってあんまりメキシコ人らしくないでしょ？」

「あんまりね」

「それに、あたし、このあたりの人間じゃないのよ。アイオワの出《で》なの」

「スミスか。で、ファーストネームは?」

「コーラ。呼びたかったらそう呼んで」

厨房にはいったときにおれが言ったことに彼女が突っかかってきたわけが、そのときやっとわかった。彼女が料理しなきゃならないエンチラーダのせいじゃなかった。彼女の髪が黒いせいでもなかった。あのギリシア人と結婚してるせいだ。そのせいで彼女は自分が白人じゃないみたいに思わされてるのだ。それで、おれが彼女のことをミセス・パパダキスなんて呼びはじめやしないかと、そんなことまで心配してたのだ。

「コーラ。いいとも。だったらおれのほうはフランクってことでいいかな?」

彼女はおれのそばにやってきて、三角窓からステッカーを剝がすのを手伝ってくれた。すごくそばにいるんで、コーラのにおいが嗅げた。おれは彼女の耳元でほとんど囁《ささや》くようにずばっと訊いた。「だけど、なんであんなギリシア人と結婚なんかしたんだ?」

コーラはまるでおれに鞭《むち》で叩かれでもしたかのようにびくっとして言った。「それがあんたにどんな関係があるの?」

「ああ、大ありだね」

「はい、三角窓」

「どうも」

おれは厨房を出た。狙いは当たった。コーラのガードを突き破って一発お見舞いできた。それも深く、痛くなるほど。おれたちの問題はこのあと彼女とおれとのあいだの問題になる。彼女にしてもすぐにはイエスとは言わないかもしれないが、おれをわざとじらしたりもしないだろう。おれの気持ちはこれで充分伝わった。おまけに、おれはコーラの正体を見破った。彼女のほうもそれをよくよく悟ったはずだ。

その夜の夕食の席でのことだ。おれにいっぱいフライドポテトを給仕しなかったということで、ギリシア人がコーラを叱《しか》った。おれにここを気に入らせたいんだろう。ほかのやつらみたいにおれに出ていかれたくないんだろう。

「彼にもっと食わせてやれ」

「コンロにのってるんだから、自分で取ればいいでしょうが」

「いいよ。まだあるから」

ギリシア人はこだわった。このおやじにいくらかでも脳味噌《のうみそ》があったら、このやりとりの裏に何かあることぐらい気づいたはずだ。彼女のために言っておくが、コーラは男に自分で食いものをよそわせるような、そんな真似《まね》をする女じゃない。だけど、脳足りんのギリシアおやじはぶつぶつ文句を垂れつづけた。おれたちが坐《すわ》ってたのはキッチンテーブルで、一方の端にギリシア人、もう一方の端にコーラ、真ん中におれが坐ってた。おれは彼女のほうを見なかったが、彼女のワンピースは眼にはいった。看護婦が着てるみたいな白衣だった。歯医者にしろ、パン屋にしろ、みんなよく着てるあれだ。朝のうちはきれいでもその時間には汚れてて、しわくちゃにもなってて、彼女のにおいがした。

「まったくもう」

コーラはそう言ってポテトを取りに立った。そのとき、彼女のワンピースのまえがはだけて一瞬、脚が見えた。彼女がそうやってわざわざポテトを盛ってくれても、おれは食べられなかった。「これなんだから、まったく。あんなに言われたのに、この人はもう要らないんだってさ」

「いいんだよ《ホーケー》。欲しくなったら食べるだろうよ」

「腹はへってないんだ。昼が豪勢だったんでね」

おれのそのことばにギリシア人は勝ち誇ったような態度になって、いかにも上位者ぶってコーラを赦《ゆる》した。「このおれの女房は全然これでいい。こいつはおれの白くて可愛《かわい》い小鳥だ。おれの可愛い白い小鳩《こばと》なんだ」

そう言って片眼をつぶってみせると、彼は階上《うえ》に上がった。おれと彼女はじっと坐ったまま何も言わなかった。ギリシア人は大きな壜《びん》とギターを持って降りてくると、壜の中身を注いだ。それは甘ったるいギリシアのワインで、おれは胃がむかついた。彼は歌いだした。テノールだった。といっても、ラジオからよく聞こえてくる可愛いテノールじゃなくて、堂々たるテノールだった。高い音になると、カルーソーのレコードみたいに〝泣き〟を入れた。だけど、おれは聞いてられなかった。もう分刻みで気分が悪くなってた。

彼はそんなおれの顔色に気づくと、外に連れ出した。「外の空気にあたると、気分がよくなるよ」

「大丈夫だ。すぐよくなる」

「坐って坐って。静かにしてるんだ」

「中に戻ってくれ。昼、食べすぎただけだから。すぐよくなる」

彼は家の中に戻った。おれは食べたものを全部吐いた。昼飯もポテトもワインもこっぴどくすさまじく吐いた。あの女が欲しくて欲しくて、何ひとつ腹に収めていられなかったんだ。

翌朝、看板が風に飛ばされて落ちた。真夜中から風が吹きはじめて、朝には暴風になって看板を吹き飛ばしたんだ。

「ひどいもんだ。見るといい」

「すごい風だった。全然寝れなかった。夜じゅう寝れなかった」

「確かにすごい風だったよ。いいから、看板を見てみろ」

「壊れてる」

おれが看板を間に合わせに修理するあいだ、彼はひっきりなしに出てきて見守った。

「だいたいこんな看板、どこで手に入れたんだ?」

「ここを買ったときからついてたんだ。それがどうした?」

「ひどい代物《しろもの》だ。こんな看板でよく商売できてるね」

そう言って、おれは車にガソリンを入れにいって、あとは彼に考えさせた。戻ってもやつはまだ眼をぱちくりさせて、店のまえに立て掛けた看板を見てた。電球三つが割れてて、コードをつないでも残りの半分がつかなかった。

「電球を新しいのと取り替えて掲げりゃ、なんとかなるだろ」

「あんたがボスだからね」

「何が言いたい?」

「こりゃもう時代遅れだよ。今どき電球の看板なんか掲げてるやつなんていないよ。今はネオンだ。よく見えるし、電気代も食わない。それにこれ、なんて書いてある？〝ツイン・オークス〟だけだ。〝タヴァーン〟のところには電気がついてない。〝ツイン・オークス〟だけじゃ腹はへらないよ。これじゃ、立ち寄って何か食う気にはならないよ。こんなのは金食い虫だ、この看板は。あんたは気づいてないみたいだけど」

「ただ直してくれりゃ、それでいい」

「新しいのを買ったらどうだい？」

「忙しい」

そう言いながら、そのあとすぐに彼は紙を持って戻ってきた。その紙には新しい看板の絵が描かれてた。自分で描いたんだろう、赤と白とブルーのクレヨンで色づけもされてて、〝ツイン・オークス・タヴァーン、食い処《どころ》、バーB《べ》Q《キュー》、清潔な手洗い所、オーナー、N・パパダキス〟と書かれてた。

「すばらしい。みんなびっくりするぜ」

おれはことばを直して、スペルも直してやった。すると、彼は文字に渦巻きの模様をつけた。

「ニック、こうなったらなんで古い看板を掲げなきゃならない？　今日のうちに市《まち》に行って新しい看板をつくったらどうだ? これはきれいだよ。嘘《うそ》じゃない。それにこれは大切なことだ。看板ってのは店そのものとおんなじくらい大切なもんだ」

「よし、つくってくる。こりゃもうすぐにでも行かないとな」

ロスアンジェルスまではほんの二十マイルばかりだが、やっこさんはパリに行くみたいにぴかぴかに着飾って、昼飯のすぐあと出かけた。彼が出ていくなり、おれは店のドアに鍵《かぎ》をかけた。そして、客が使った皿を持って厨房に行った。コーラがいた。

「皿が一枚残ってた」

「あら、ありがとう」

おれは皿を置いた。フォークがタンバリンみたいにかちゃかちゃ鳴った。

「あたしも行くつもりだったんだけど、料理を始めちゃって。だから行かないほうがいいかなって思い直したのよ」

「おれもやることがいっぱいあるんでね」

「気分はよくなった?」

「ああ、いいよ」

「ちょっとしたことでそんなふうになったりすることがあるのよね。水が変わったりとかそういうことで」

「昼飯を食いすぎたんだよ」

「何、あれ？」

誰かが店にやってきたらしく、ドアをがちゃがちゃやってる音が聞こえた。「誰か店にはいろうとしてるみたいだな」

「ドアに鍵をかけたの、フランク？」

「かけちまったみたいだな」

コーラはおれを見た。顔から血の気が引いてた。彼女はスウィングドアのところまで行くと、そこから店のほうをのぞき見てから店に出た。が、すぐにまた戻ってきた。

「行っちゃったみたい」

「なんで鍵なんかしちまったんだろうな」

「あたしもはずすのを忘れちゃった」

そう言って、彼女はまた店のほうに行きかけた。それを制しておれは言った。「そのままに――かかったままにしとこうぜ」

「鍵がかかってたら、誰もはいってこれない。あたしは料理をしなきゃならないし。このお皿、洗うね」

おれは両腕に彼女を抱いて、彼女の唇に自分の唇をぐちゃぐちゃと押しつけた……

「嚙《か》んで！　あたしを嚙んで！」

嚙んでやった。歯を彼女の唇に強く深く埋めた。おれの口の中に彼女の血が噴き出た。その血が彼女の咽喉《のど》を伝った。おれは彼女を抱えて二階にあがった。

3

そのあとの二日間、おれは気が抜けたみたいになってた。それでも、ギリシア人にがみがみ言われて、それで逆にどうにかやり過ごせた。ギリシア人がおれにがみがみ言ってきたのは、おれが店と厨房《ちゅうぼう》のあいだのスウィングドアを修理しなかったからだ。彼女はスウィングドアが唇にぶつかったのだとギリシア人に言ってた。彼女としても何か言わなきゃならなかったんだ。おれが嚙んだ唇がひどく腫《は》れてたから。で、ちゃんと修理しなかったおれが悪いということになったわけだ。おれはバネを引っぱって弾力を弱くした。それでドアは直った。

だけど、ギリシア人がおれに腹を立ててたほんとうの理由は看板のせいだった。今ではもうすっかりその看板に熱を上げてて、おれがその看板は彼のアイデアではなくおれのアイデアだと言いだしはしないかと心配してたんだ。実際、どえらい看板で、おれがその日の午後だけでは仕上がらなかった。三日もかかり、ようやくできると、おれが取りにいって店に掲げた。ギリシア人が紙に描いたことは全部備わってて、おまけもくっついてた――ギリシアとアメリカの国旗、それに握手をしてる手と手、〝どなたさまにもご満足いただけます〟。全部赤と白とブルーのネオンの文字で描かれてた。暗くなるのを待っておれは電気を通した。スウィッチを入れると、まるでクリスマスツリーみたいに光り輝いた。

「おれも看板はいくらも見てきたけど、こんなのは初めてだ。ニック、あんたには敵《かな》わない」

「よしよし、よしよし」

おれたちは握手した。そうやってまた友達に戻った。

翌日、いっときコーラとふたりだけになると、おれは彼女の脚に拳《こぶし》を叩《たた》き込んだ。下から上に。強く叩きすぎて彼女はもう少しでこけそうになった。

「なんでそんなふうになるの？」彼女は歯を剝《む》き出してうなった。ピューマみたいに。

おれはそういうコーラが好きだった。

「気分はどうだい、コーラ？」

「最悪よ」

そのときからおれはまた彼女のにおいを嗅《か》ぎはじめた。

　ある日、ちょっと離れたところで、ギリシア人より安くガソリンを売ってるやつがいることがわかった。そのことを聞きつけるなり、ギリシア人は車に飛び乗って、様子を見にいった。やっこさんが出ていったとき、おれは自分の部屋にいたんだが、身をひるがえして即、厨房に向かいかけた。が、コーラはすぐそこにいた。おれの部屋の戸口に立っていた。

　おれは近づいて彼女の唇を見た。どんなふうになってるのか、とくと見るのはあれ以来だった。腫れはすっかり引いてたが、歯型がまだついてた。上唇にも下唇にも小さな青白い線が残ってた。おれはそんな彼女の唇に指で触れた。柔らかくて濡《ぬ》れてた。おれはキスをした。あんまり激しくなく。軽くてやさしいキスだった。それまでは考えたこともないようなキスだ。彼女はギリシア人が帰ってくるまでずっとおれの部屋にいた。一時間ぐらい。お互い何もしなかった。ただベッドに横になってた。彼女は天井を見上げたままおれの髪を弄《もてあそ》んでた。何か考えてるみたいだった。

「あんた、ブルーベリーパイ、好き？」

「どうだかな。ああ、たぶん好きだよ」

「つくってあげる」

「気をつけて、フランク。車のバネが壊れちゃう」

「バネなんかどうでもいい」

おれたちは道路脇《わき》のユーカリの木立の中にはいっていった。仕入れた骨付きステーキ肉がギリシア人の気に入らず、おれたちはそいつを返品するよう言われて市場に届けた帰り道で、あたりはもう暗くなってた。おれは木立の中に車を突っ込んで、タイヤをバウンドさせて、木立の中に隠れると車を停めた。彼女はおれが明かりを消すまえからもうおれに腕をまわしてきた。おれたちはたっぷりいちゃついた。しばらく経《た》って、じっと坐《すわ》ってると彼女が言った。「フランク、こんなこと、もう耐えられない」

「おれもだ」

「我慢できない。あんたとはとことん酔っぱらったみたいにならないと、フランク。わかる、この意味？　酔っぱらったみたいにならないとって意味」

「わかるよ」

「あのギリシア人にはへどが出る」

「なんであんな男と一緒になったんだ？　おまえ、そういう話はしないよな」

「あんたにはまだ何も話してなかったよね」

「おれたち、おしゃべりなんかで時間を無駄にしなかったもんな」

「あたし、安食堂で働いてたのよ。ロスアンジェルスの安食堂で二年も働いてたら、金時計《きん》を持ってるってだけで、その男を真っ先に選ぶようになっちゃうものよ」

「アイオワはいつ出たんだ？」

「三年前。美人コンテストで優勝したのよ。デモインの高校の美人コンテストで。そこに住んでたの。賞品はハリウッド旅行で、列車を降りたときには、十五人もの人に写真を撮られたけど、その二週間後にはもう安食堂で働いてたってわけ」

「故郷《くに》には帰らなかったのか？」

「ほら見ろ、なんて言われるのがオチだもの」

「映画には出たのか？」

「テストは受けたわ。顔は問題なかったのよ。だけど、今はしゃべるでしょ？　映画のトーキーのことよ。スクリーンの中であたしがしゃべると、それでもうばれちゃったのよ。あたしの正体が。デモインの安っぽいすれっからしだってことが。それは自分でもわかってた。でも、それって映画の世界じゃ猿《さる》並みのチャンスしかないってことよ。いいえ、猿にも及ばないわね。だって、猿は人を笑わせられるもの。あたしにできたのはただ人をムカつかせることだけだった」

「で？」

「で、男たちに脚をつねられたり、五セントのチップをもらったり、今夜ちょっとしたパーティに来ないかなんて誘われたりで二年が過ぎた。そんなパーティに出たこともあるのよ、フランク」

「で？」

「そういうパーティってどんなパーティだかわかる？」

「わかる」

「そんなところへ彼が現われたわけよ。あたし、すぐに食いついたわ、ぱくって。どんなことがあってもくっついてるつもりだった。だけど、もう我慢できない。冗談じゃない、あたしが白い小鳥に見える？」

「ていうか、おれには小鳥というより気性の激しい性悪猫に見える」

「あんた、よくわかってるのね。そこがあんたのいいところよ。年がら年じゅう駆け引きなんかしてなくてすむところ。それにあんた、清潔だし。脂《あぶら》ぎってないし。フランク、それってどういうことかわかる？ 脂ぎってないってどういうことか」

「まあ、想像はつくよ」

「それはどうかな。女にとってそれがどういうことかわかってる男なんていないね。

脂ぎったやつにまわりをうろちょろされて、いい、そういうやつに体を触られなくちゃならないのよ。もう胃がむかむかするなんてもんじゃない。フランク、あたしはほんとは性悪猫なんかじゃない。ただ我慢ができないだけ」

「だったらどうするんだ？　ただ言ってみてるだけなのか？」

「いいえ。そうか。そういうことなら、あたしも性悪猫なのかもしれない。でも、そんなに悪《わる》にはならないはずよ。脂ぎってない相手となら」

「コーラ、ふたりで駆け落ちするってのはどうだ？」

「それはあたしも考えた。いっぱい考えた」

「あのギリシア人を捨ててとんずらする。ただとんずらするんだ」

「どこへ？」

「どこでも。なんでそんなこと気にする？」

「どこでも、どこでも。それってどこだかわかってるの？」

「だからどこでもだよ。どこだっておれたちが選んだところだよ」

「いいえ、そうじゃない。そういうどこでもっていうのは安食堂のことよ」

「おれは安食堂の話なんかしちゃいない。おれは道ゆきの話をしてるんだ。愉《たの》しいぜ、コーラ。そういうことに関しちゃ、おれ以上によく知ってるやつはいないね。道ってものはどこでよれててどこで曲がってるか、おれは全部知ってる。そういう道をどうやってこなせばいいかってこともな。おまえもそういうことがしたいだろ？　そうやって二人組の根なし草になるのさ。実際、おれたちはそうなんだから」

「あんたも大した根なし草だったよね。ソックスも履いてなかったし」

「それでも、おまえ、おれが好きになっただろうが」

「そんなあんたを愛したよ。シャツさえ着てなくても愛してる。シャツがないからよけい愛してる。だって、シャツがなければあんたの肩がどれだけいかしてて、逞《たくま》しいかわかるもの」

「鉄道探偵をぼこぼこにしたりしてると、筋肉が発達するもんだ」

「あんたはそこらじゅう硬い。大きくて背が高くて硬い。でも、髪の色は濃くない。気色悪い黒い髪に毎晩香油を塗りたくってる、脂ぎったぶよぶよの小男なんかとは大ちがいよ」

「そりゃさぞかしいいにおいなんだろうな」

「うまくいきっこないよ、フランク。あんたの言う道だけど。行き着く先は安食堂以外ありえない。あたしには安食堂、あんたのほうも似たり寄ったりの仕事。みすぼらしい駐車場の仕事とか。お仕着せなんか着せられてさ。あんたがそんなお仕着せを着てるところなんか見たら、あたし、泣いちゃうわ、フランク」

「だから？」

　彼女はおれの手を両手でつかんでひねりながら長いことじっと坐ってた。「フランク、あたしを愛してる？」

「ああ」

「どんなこともどうでもよくなっちゃうくらいあたしを愛してる？」

「ああ」

「ひとつ方法がある」

「おまえ、自分は性悪猫じゃないって、さっき言わなかったっけ？」

「言ったわ、それは嘘《うそ》じゃない。あたしはあんたが思ってるみたいな女じゃないよ、フランク。あたしはちゃんと働いて、いっぱしの人間になりたいだけよ。だけど、それって愛がなきゃできない。そのこと、知ってた、フランク？　そう、とにかく女には無理よ。だけど、あたしは失敗した。だから、性悪猫にもならなくちゃならない。一度だけは。その失敗を正すために。でも、あたしはほんとは性悪猫じゃないよ、フランク」

「そんなことをしたら首に縄がかかる」

「うまくやればかからない。フランク、あんたって頭のいい人よ。だから、あたしは一分たりとあんたを騙《だま》したりしなかった。あんたが考えて。うまい方法を考えた人ってこれまで何人もいるんだから。あたしのことは心配しないで。どうにもならないところから抜け出るのに性悪猫にならなくちゃならなかった女って、あたしが初めてじゃないんだから」

「あいつはおれに何もしてない。おれにはなんの問題もないやつだよ」

「問題ないわけないでしょうが。だってあいつ、くさいでしょうが、言っとくけど。脂ぎってくさいでしょうが。だいたいあたしがあんたにお仕着せなんか着せると思うの？〈自動車部品サーヴィス――またのご用命をお待ちしています〉なんて背中に書いてあるお仕着せなんか。あんなやつがスーツを四着、シルクのシャツを十枚も持ってるのに。あの店だって半分はあたしのものなのに。あたしが料理してるんじゃないの？　あたしがおいしい料理をつくってるんじゃないの？　あんただって自分の仕事をちゃんとやってるんじゃないの？」

「おまえの口ぶりじゃ、それでなんの問題もないみたいだけど」

「問題があるかないかなんて誰にわかるの？　あんたとあたし以外に？」

「おまえとおれか」

「そうよ、フランク。それがすべてじゃないの? あんたとあたしと道ゆきなんかじゃない。ほかの何物でもない。ただあんたとあたし。それがすべてよ」

「やっぱおまえって性悪猫みたいだな。そうじゃなかったら、おれもこんな気持ちになるわけないもん」

「それをふたりでやるのよ。キスして、フランク。口にキスして」

おれはキスした。彼女の眼がふたつの青い星みたいに輝いた。まるで教会にでもいるみたいだった。

4

「湯をもらえないかな？」

「お風呂場《ふろば》のお湯じゃ駄目なの？」

「ニックがはいってる」

「あら。だったらやかんのお湯をあげる。あの人、お風呂にはいるときには湯沸かし器のお湯を全部使っちゃうのよね」

おれたちはこんなときにいかにも言いそうな台詞《せりふ》をわざと言い合った。夜の十時頃で、店はもう閉めてて、ギリシア人は風呂場にいて、土曜の夜の湯浴みをしてた。おれはひげを剃《そ》るのに自分の部屋に湯を持っていきかけ、そこで車を外に出したままになってることを思い出す。で、外に出て、誰か来たらクラクションを一度鳴らしてコーラに知らせることになってた。彼女はギリシア人がバスタブに浸《つ》かるのを聞き届けたら、タオルを取りに風呂場にはいって、背後から手製のブラックジャック——砂糖袋の隅までボールベアリングを詰め込んで、おれがつくった代物《しろもの》だ——でやつの頭をぶっ叩《たた》く。最初はおれがやることになってたんだが、彼女がはいったほうがやつは何も考えないだろうということに変更したんだ。おれが剃刀《かみそり》かなんかを風呂場に取りにいったら、あいつはバスタブにはいってても出てきて一緒に探しかねない。それで、あいつが溺《おぼ》れるまでコーラがあいつを押さえつけておくことにしたんだ。あとは湯をちょろちょろと出しっぱなしにして、風呂場の窓からポーチの屋根に出て、おれが立て掛けておいた梯子《はしご》で地面に降りる。そこでおれにブラックジャックを渡して厨房《ちゅうぼう》に戻る。おれはボールベアリングは箱に戻して、袋も片づけたら、車をガレージに入れて、部屋にあがってひげを剃る。彼女は二階から厨房に水がぽたぽた落ちてくるのを待っておれを呼ぶ。おれたちは風呂場のドアを押し破って、あいつを見つけて、医者を呼ぶ。結局のところ、あいつは風呂場で足をすべらせて、頭を打って気を失って、そのあと溺れた。そんなふうに見えるはずだった。おれの考えだ。事故の大半は自宅の風呂場で起こるなんて誰かが新聞に書いてるのを読んだことがあったんだ。

「気をつけて。熱いわよ」

「ありがとう」

シチュー鍋《なべ》に入れた湯を持っておれは自分の部屋にあがって、簞笥《たんす》の上に置いて、ひげ剃り道具を広げた。それから階下《した》に降りて、外に出て、車のところまで行って、道路と風呂場の窓の両方が見えるよう乗り込んだ。ギリシア人は歌ってた。それが聞こえてきて、おれはなんの歌か覚えておいたほうがいいと思った。『マザー・マクリー』。あいつは一度歌って、もう一度おんなじ歌を歌った。おれは厨房を見た。彼女はまだ厨房にいた。

トレーラーを牽引《けんいん》したトラックが一台、カーヴを曲がってやってきた。おれはクラクションに指をかけた。ああいうトラックの運転手はたまに食事をとりに寄ることがあって、店を開けるまでしつこくドアを叩く輩《やから》なんだ。だけど、そのまま通り過ぎた。さらに二台ばかり通り過ぎた。二台とも停まらなかった。おれはまた厨房を見た。コーラの姿はもうなかった。寝室の明かりがついた。

そのときだ。いきなり何かがポーチのほうで動いたのが見えた。もう少しでクラクションを鳴らしそうになった。が、そこでそれが猫だったことがわかった。ただの灰色の猫だった。なのに、おれは震え上がっちまったわけだ。そんなときに猫なんぞは見たくもない。しばらく姿が見えなくなったが、また現われたかと思うと、梯子のまわりのにおいを嗅《か》ぎはじめた。クラクションは鳴らしたくなかった。ただの猫じゃないか。それでも、そいつに梯子のそばにいてほしくなかった。おれは車を降りると、ポーチまで歩いて、しっしと猫を追い払った。

そうやって車に戻りかけると、そいつはまた戻ってきて梯子をのぼりはじめた。おれはまたしっしと追い払った。猫は奥のぼろモーテルのところまで逃げていった。おれはまた車に戻りかけてしばらく立ち止まって、猫がまた戻ってこないか様子を見た。すると、州警察のお巡《まわ》りが道路のカーヴを曲がってやってきた。そのお巡りはおれがそこに立ってるのに気づくと、オートバイのエンジンを切って、敷地内に乗り入れてきた。おれとしては動く間もなかった。お巡りはおれと車のあいだにオートバイを停めた。おれはクラクションを鳴らせなかった。

「夕涼みかね？」

「車をしまおうと思ってね」

「あんたの車？」

「おれの雇い主のだよ」

「なるほど。ただのパトロールだ」

そう言って、お巡りはあたりを見まわして、そこで何かに気づいたようだった。

「たまげたね。あれを見ろよ」

「何を？」

「あのにゃんこ。梯子をのぼってる」

「おれは猫好きでさ。猫ってのはいつも何かやらかしてくれる」

「これはこれは」

そう言って、お巡りは手袋をはめ直し、あたりをまた見まわしてから、ペダルを二度ほど蹴《け》って走り去った。その姿が見えなくなると、おれは慌《あわ》ててクラクションを鳴らそうとした。遅すぎた。ポーチのほうで火花が散ったと思ったら、あたりの明かりがみんな消えた。家の中ではすさまじい声をあげてコーラが叫んでた。「フランク！フランク！　なんか起こった！」

おれは厨房に飛び込んだ。だけど、中は真っ暗でおれはポケットにマッチも持ってなかったんで、手探りで進まなければならなかった。おれたちは階段で出会った。コーラのほうは降りてきて、おれのほうはあがりかけたところで。彼女はまた叫んだ。

「落ち着け！　頼むから落ち着いてくれ！　やったのか？」

「やったわ。だけど、電気がいきなり消えたんで、あの人をお湯の中に沈めることはできなかった！」

「助けなきゃ！　さっき州警察のお巡りが来て、梯子を見られたんだ！」

「お医者を呼んで！」

「おまえが呼べ。おれはあいつを引っぱり出す！」

彼女は階下《した》に降りていった。おれは階上《うえ》にあがって、風呂場に直行して、バスタブまで走った。あいつは湯の中に横たわってたが、頭まで浸かってはいなかった。おれはバスタブからあいつを引き上げようとした。これが大変だった。石鹸《せっけん》ですべりやすくて、引き上げるにはおれも湯の中にはいらなければならなかった。階下《した》からはそのあいだずっと、彼女が交換手と話してる声が聞こえてた。交換手は医者にはつながず、警察につないだようだった。

おれはギリシア人を引き上げると、バスタブのへりにもたせかけて、自分もバスタブから出て、寝室まで引きずっていって、ベッドに寝かせた。彼女も階上《うえ》にあがってきて、おれたちはマッチを見つけてろうそくに火をつけた。それからあいつの手当てをした。おれは濡《ぬ》れたタオルであいつの頭をくるみ、彼女はあいつの手首と足をさすった。

「救急車が来るって」

「よし。やるところを見られたか？」

「わからない」

「うしろにいたんだろ？」

「と思う。でも、いきなり電気が消えて。何が起きたのかわからなかった。電気に何をしたの？」

「何もしてない。ヒューズが飛んだんだ」

「この人、生き返らないといいんだけど」

「いや、生き返らせないと。このまま死んじまったら、おれたちはおしまいだ。いいか、お巡りに梯子を見られてるんだぞ。これでこいつが死んじまったら、ばれちまう。こいつが死んだら、おれたちが疑われる」

「でも、この人があたしを見てたら？　息を吹き返したら何をしゃべると思う？」

「見てないよ。おれたちの話を信じ込ませるしかない。それしかない。おまえはここにいた。そしたら電気が消えた。こいつがすべって転ぶ音がした。おまえが声をかけても返事はなかった。で、おまえはおれを呼んだ。おれたちにわかってるのはそれだけだ。こいつが何を言おうと、おれたちは今の話を曲げない。こいつが何か見てたにしろ、それは妄想だ。それだけのことだ」

「救急車、なんでこんなに時間がかかってるの？」

「すぐ来るさ」

救急車が来ると、ギリシア人はすぐさま担架にのせられて、救急車の中に運び込まれた。彼女も一緒に乗った。おれは車でそのあとを追った。グレンデールまで行く途中、州警察のお巡りと合流して、そいつが救急車を先導してくれた。そのあと救急車は時速七十マイルで飛ばしはじめ、おれはついていけなくなった。病院に着いたときにはもうやつは救急車から降ろされてた。州警察のお巡りが取りしきってた。そいつはおれに気づくと、驚いたような顔をしておれをじっと見た。その夜、店にやってきたのとおんなじお巡りだった。

ギリシア人は中に運び込まれて、車輪付きベッドに寝かせられて、手術室に押していかれた。おれとコーラは廊下の椅子《いす》に坐《すわ》った。すぐに看護婦がやってきて、おれたちと一緒に坐った。そのあとあのお巡りもやってきた。巡査部長も一緒だった。ふたりはずっとおれを見てた。コーラは看護婦に説明してた、何があったのか。「あたしはそのときそこにいたの。お風呂場に。タオルを取りにいったのよ。そしたら、誰かが鉄砲を撃ったみたいに電気が消えて。それはもうすごい音がしたわ。あの人が倒れた音よ。それまで立ってて、シャワーの栓をひねろうとしたのね。あたしは声をかけたわ。でも、返事がなかった。だいたい真っ暗で何も見えなかった。何が起きたのかもわからなかった。それで思ったの、あの人、感電しちゃったんじゃないかって。わたしの悲鳴を聞きつけて、フランクが来てくれて、あの人をバスタブから出してくれて、あたしのほうは救急車を呼んだの。すぐに来てもらえなかったら、あたし、自分がどうしてたかもわからない」

「夜遅い呼び出しのときには特に迅速に対応することになってるのよ」

「あの人、ひどい怪我《けが》をしてるのよね」

「そうでもないと思うわ。今レントゲンを撮ってるところだけど。レントゲンを撮ればはっきりするけど、でも、そんなにひどい怪我でもないと思う」

「ほんとに？　だったらいいんだけど」

お巡りたちは何も言わなかった。坐って、ただおれたちを見てただけだった。

車輪付きベッドにのせられてやつが出てきた。頭に包帯を巻いてた。エレヴェーターに乗せられて、コーラもおれも看護婦もお巡りも一緒に乗って、階上《うえ》にあがった。やつが入れられた病室におれたちもみんなはいった。人数分の椅子がなかったんで、あいつがベッドに移し替えられてるあいだに、看護婦がどこかからいくつか椅子を持ってきた。それで全員椅子に坐った。誰かが何か言って、看護婦がみんなを黙らせた。医者がやってきて、様子を見て、また出ていった。おれたちはやけに長いことただじっと坐ってた。看護婦が立ち上がってやつの様子を見て言った。

「意識が戻ったみたい」

コーラはおれを見た。おれはとっさに眼をそらした。ギリシア人のことばを聞き取ろうとして、お巡りが身を乗り出した。ギリシア人は眼を開けた。

「気分はよくなりましたか？」

ギリシア人は何も言わなかった。誰も何も言わなかった。あまりの静けさに自分の心臓の鼓動が自分の耳に聞こえた。「奥さんがわかりますか？　ここにいらっしゃいますよ。もしかして自分のことを恥ずかしく思ったりしてませんか？　電気が消えただけで、バスタブの中で転んじゃったりして。子供みたいに。奥さんは怒ってますよ。奥さんに何か言ってあげたらどうです？」

ギリシア人はなんとか言おうとしたが、言えなかった。看護婦がやってきて、あいつを煽《あお》いだ。コーラはあいつの手を取って軽く叩いた。あいつは眼を閉じて、しばらく仰向けになってたが、そのうち口を動かして、看護婦を見て言った。

「真っ暗になったんだ」

看護婦がやつは安静にしてたほうがいいと言うんで、おれはコーラを階下《した》に連れていって車に乗せた。車を出すと、すぐお巡りもオートバイに乗っておれたちのあとについてきた。

「あの警官、あたしたちを疑ってる」

「おんなじお巡りだ。おれが外に立って見張ってるのを見て、何かおかしいと思ったんだろう。今もそう思ってるにちがいない」

「あたしたち、これからどうするの？」

「わからない。梯子《はしご》次第だな。なんであんなものがあそこにあったのか、あのお巡りが気づくかどうか。あのブラックジャックはどうした？」

「まだここにある。ワンピースのポケットの中に」

「何をやってる！　あそこで逮捕されて所持品検査をされてたら、おれたちはもう終わってた」

おれは彼女にナイフを渡して、袋を縛ったひもを切らせて、中のボールベアリングを出させた。それから彼女をうしろの席にやって、シートを持ち上げさせて、その下に袋を突っ込ませた。それで誰でも工具と一緒に置いてるぼろきれみたいに見えるはずだった。

「うしろに乗ってろ。お巡りを見張ってるんだ。このベアリングを一度に一個ずつ藪《やぶ》に捨てるから、お巡りが何か気づきゃしないか見張ってるんだ」

彼女はうしろを見た。おれは左手で運転して、右手をハンドルに軽くのせた。そして、その右手で放った。ビー玉みたいにベアリングを窓から道路に向けて弾《はじ》き飛ばした。

「お巡り、ベアリングが飛んでったほうを見たか？」

「いえ」

おれは残りのベアリングも捨てた。数分おきに一個ずつ。お巡りは気づきもしなかった。

家に戻っても暗いままだった。ヒューズを探してる暇もなかったんだ。新しいのと取り換えるなど言うまでもない。おれが車を寄せると、お巡りは脇《わき》を走り抜けてまえに出てオートバイを停めた。「あのヒューズ・ボックスを見てみよう、兄さん」

「よろしく。おれも一緒に見るよ」

おれたちは三人ともポーチのほうへ歩いた。懐中電灯をつけるなり、お巡りは妙なうめき声をあげてしゃがみ込んだ。あの猫だ。四本の肢《あし》を宙に突き出して仰向けになって倒れてた。

「ひどいもんだな。地獄の底までとことんいっちまってる」

お巡りはそう言って、ポーチの屋根の下に懐中電灯の明かりを向けると、そのあと梯子に沿って光をずらした。「これだよ、まちがいない。覚えてるだろ？　この猫、あんたも見ただろ？　梯子から落ちてヒューズ・ボックスの上に落ちて、地獄の底までとことんいっちまったんだよ」

「そういうことか。あんたが行っちまったら、いきなり電気が消えたんだ。誰かが鉄砲でも撃ったみたいにいきなり。おれとしちゃ車を中に入れてる暇もなかった」

「こっちもここからいくらも行かないうちに連絡がはいったんだ」

「あんたがいなくなってすぐだったよ」

「梯子から足をすべらせてヒューズ・ボックスの上に落っこちたんだな。まあ、そういうことってあるもんだよ。この哀れな生きものには電気ってものがわからないからな。だろう？　いや、わからせようたって無理だろうけどな」

「可哀《かわい》そうだが、しょうがないね」

「ああ、そうだな。可哀そうだけどな、地獄の底までとことんいっちまうなんてな。可愛《かわい》い猫だったのにな。覚えてるだろ、梯子をのぼってったときのこいつ。あのときのこいつほど可愛い猫をおれはこれまで見たことがないね」

「色も可愛かったのにね」

「地獄の底までとことんいっちまった。それじゃ、行くよ。これですっきりした。一応確かめなきゃならなかったんでね」

「もちろんだよ」

「それじゃ。それじゃ、奥さん」

「それじゃ」

5

おれたちは何もしなかった。猫のこともヒューズ・ボックスのこともどんなことも。ただベッドにもぐり込んだ。そこで彼女がとうとういかれた。泣きわめいた。それから悪寒《おかん》に襲われたみたいに全身で震えだした。おとなしくさせるには二、三時間かかった。そのあとはしばらくおれの腕の中でおとなしくしてた。それからおれたちは話し合った。

「もう二度は無理よ、フランク」

「ああ、二度はない」

「あたしたち、頭がおかしくなってたのよ。頭がいかれちゃってたのよ」

「切り抜けられたのはただおれたちに悪運があったからだ」

「あたしのミスよ」

「おれのミスでもある」

「いいえ、あたしのミスよ。あたしが考えついたんだから。あんたはやりたくなかった。この次はあんたの言うことを聞くわ、フランク。あんたは頭がいいんだから。あんたはあたしみたいなアホじゃないんだから」

「ただこの次はないけどな」

「ええ、そうよ。二度はないわ」

「たとえうまくやりおおせてても、感づかれてたかもしれない。いつだってやつらは感づくのさ。とにもかくにもやつらは感づくんだよ。それはもうやつらの習い性みたいなもんだ。あのお巡《まわ》りにしたところが何かがおかしいってすぐに気づいただろ？　あんな真似《まね》をされちゃ、こっちは血が凍りついちまう。おれが立ってるのを見ただけで、あいつにはわかったのさ。あんなに簡単に感づかれたんだ、これでギリシア人が死んでたらおれたちにどれだけのチャンスがあったと思う？」

「やっぱあたしはほんとの性悪猫じゃないね、フランク」

「だからそう言っただろ」

「もしあたしがそうだったら、あんなに簡単にビビらなかったもの。フランク、あたし、すごくビビってた」

「おれだってとことんビビったよ」

「電気が消えたとき、あたし、何が欲しかったかわかる？　あんたよ、フランク。だから、あたしって全然、性悪猫じゃないよね。ただの女の子よ。暗闇《くらやみ》が怖いんだから」

「おれはすぐに行っただろ?」

「来てくれてすごく頼もしかった。あんたがいなかったら、いったいどうなってたか、あたしにはまるでわからない」

「だけど、うまくいったよ。やつがすべったことだけど」

「そのことを信じてくれたこともね」

「ちっとでもチャンスがありゃ、おれはお巡りとはいつだってうまくやれるんだ。だけど、それには何か言うことをちゃんと用意しておくことだ。それだよ。穴は全部ちゃんと埋めとかないとな。それでできるかぎりほんとらしく見せられる。おれにはやつらのことがわかってる。これまで何度もやり合ってきたからな」

「あんたがうまくやってくれたのよね、フランク。これからもあたしのためにうまくやってくれるよね、フランク?」

「おれの人生で意味を持ったのはおまえだけだ」

「あたしはほんとは性悪猫なんかになりたくない」

「おまえはおれのベイビーだ」

「それだよね、あんたの馬鹿《ばか》ベイビー。いいわ、フランク。これからはあんたの言うことを聞くね。あんたが頭で、あたしが働くね。あたしは働くことはできるんだから、フランク。それもちゃんと。それであたしたち、うまくいくよね」

「もちろん」

「もう寝る？」

「ちゃんと寝れそうか？」

「ふたりで一緒に寝られるの、初めてだね、フランク」

「気に入ったか？」

「すごいよ、ほんとすごいよ」

「おやすみのキスをしてくれ」

「おやすみのキスがあんたにできるのってすごくいい」

翌朝、電話に起こされた。コーラが出て、戻ってきたときには眼を輝かせてた。

「フランク、なんだと思う？」

「なんだ？」

「あの人、頭蓋骨《ずがいこつ》にひびがはいってたんだって」

「ひどいのか？」

「いいえ。でも、入院しなくちゃならないんだって。たぶん一週間ぐらい。また今夜も一緒に寝れるね」

「来いよ」

「今は駄目。起きなくちゃ。店を開けなくちゃ」

「来いって。おれにぶっ叩《たた》かれるまえに」

「あんたって、ほんと、いかれてる」

幸せな一週間だった。それはまちがいない。午後、彼女は病院に見舞いにいったが、それ以外おれたちはずっと一緒だった。ギリシア人のためになることもした。店はずっと開けて、真面目《まじめ》に働いて、大いに稼いでやった。もちろん、百人ほどの日曜学校の子供たちが三台のバスでやってきて、森の中で食べる食いものをいっぱい注文してくれたおかげもあったが、それがなくてもたんまり稼げた。だからと言って、おれたちはレジから金をくすねたりはしなかった。嘘《うそ》じゃない、ほんとうに。

そんなある日、彼女だけじゃなくて、おれも病院へ一緒に行った。彼女の見舞いが終わると、おれたちはビーチに行った。黄色い水着と赤い帽子を身につけて店から出てきた彼女を見ても、おれにはすぐには彼女だとわからなかった。まるで少女みたいだったんだ。まだこんなに若かったとは。そのとき初めておれはそのことに気づかされた。おれたちは砂浜で遊んで、そのあと海に出て波に揺られるまま身を任せた。おれは波に頭を向けるのが気に入って、彼女は足を向けるのが気に入った。おれたちは水中で手を握り合って、顔と顔をくっつけ合って、仰向けに浮かんでた。空しか見えなかった。おれは神のことを考えた。

「フランク」

「なんだ?」

「あの人、明日には帰ってくる。それってどういうことかわかる?」

「ああ」

「あたし、あの人と寝なくちゃならない。あんたとじゃなくて」

「ああ。だけど、おれたちはあいつが帰ってきたときにはもうあそこにはいない」

「あんたがそう言ってくれるのをあたしずっと待ってた」

「おまえとおれと道路だけだ、コーラ」

「あんたとあたしと道路だけ」

「根なし草の二人組」

「ジプシーの二人組。だけど、ずっと一緒よね」

「そうだ。おれたちはずっと一緒だ」

翌朝、おれたちは荷造りをした。少なくともコーラはした。おれのほうは買ってあったスーツを着た。だいたいそれですんだ。彼女は帽子の箱に身のまわりのものを入れて、それがすむと、おれに箱を渡して言った。「車に積んでくれる？」

「車？」

「車で行くんじゃないの？」

「それは無理だ。最初の夜を留置場で過ごしたいのなら話は別だが。駄目だ。他人の女房を盗んだって、そんなことは屁《へ》でもない。だけど、他人の車を盗む？　そりゃ窃盗だ」

「そうか」

おれたちは出発した。バス停までは二マイルほどあって、ヒッチハイクをしなければならなかった。車が通り過ぎるたびに、おれたちは煙草《たばこ》屋のマスコットの木彫りのインディアンみたいに突っ立って手を突き出した。が、一台も停まってくれなかった。男がひとりなら乗せてもらえるかもしれない。女がひとりでも。その女がそこまで馬鹿なら。だけど、男と女が一緒だと、それほどつきには恵まれない。二十台ばかり通り過ぎたところで、彼女が立ち止まった。おれたちはまだ四分の一マイルほどしか歩いてなかった。

「フランク、無理よ」

「どうした？」

「もう駄目」

「何が？」

「歩くの」

「おまえ、馬鹿か？　おまえはただ疲れただけだ、それだけだ。よし。ここで待ってろ。おれたちを市《まち》まで連れてってくれるやつを見つけるから。どのみちそれがおれたちのしなきゃならないことだ。それができりゃ、すべてよくなる」

「いいえ、そうじゃない。あたしは疲れてなんかいない。もう無理って言ってるの。それだけ。絶対無理」

「おれと一緒にいたくないのか、コーラ？」

「そんなこと、わかってるくせに」

「おれたちは戻れない。わかるだろ？　今までみたいにはもうやり直せない。わかってるだろ？　おまえはもうおれと一緒に行くしかないんだ」

「言ったよね、あたしはほんとは根なし草じゃないって、フランク。あたしは自分がジプシーみたいな気はしない。あたしはどんな気もしない。ただ恥ずかしいだけ。こんなところでヒッチハイクしてることが」

「だから言っただろ？　市《まち》まで連れてってくれる車を見つけるって」

「それからどうなるの？」

「市《まち》に着いたら、なんとかなるさ」

「いいえ、ならない。ホテルに一晩泊まったら、あとは職探しよ。で、ゴミ溜《た》めの中で暮らすことになるのよ」

「あそこがゴミ溜めだったんじゃないのか？　おれたちが出てきたところが？」

「そうじゃない」

「コーラ、またあんな暮らしに戻りたいのか？」

「もうたくさん、もう無理。さよなら、フランク」

「ちょっとだけおれの話を聞けよ」

「さよなら、フランク。あたしは戻る」

そう言って、彼女は帽子の箱をおれからつかみ取ろうとした。どっちにしろ、おれが持って帰ってやろうと思って、おれは放さなかった。それでも彼女はつかみ取ると、箱を手に歩きだした。家を出たとき、可愛いブルーのスーツにブルーの帽子をかぶった彼女はとてもいかしてた。それが今はみじめったらしく見えた。靴は土埃《つちぼこり》まみれで、ちゃんと歩くことさえできてなかった。泣いてたからだ。おれもそのときいきなり気づいた。おれも泣いてた。

6

おれはヒッチハイクでサン・バーナーディノに行った。サン・バーナーディノは鉄道の市《まち》だ。そこから貨物列車に飛び乗って東に行くつもりだった。が、そうはならなかった。あるやつとビリヤード場で出会って、宣言したボールをサイドポケットに落とすゲームをそいつと始めたんだが、こいつが神がつくりたもうた最高のカモだったんだ。そいつにはほんとに玉が撞《つ》ける友達がいたんだが、問題はその友達もまたそれほどうまくなかったということだ。おれはこの二人組と二週間ほど一緒にいて、二百五十ドル巻き上げた。それがやつらの有り金全部だったんで、そのあとはおれとしても市《まち》からずらからなきゃならなくなった。

それでトラックに乗せてもらってメヒカリに向かったんだが、向かいながら、稼いだ二百五十ドルのことを考えた。これだけの金があれば、コーラとふたりでビーチでホットドッグか何か売る商売ができるかもしれない。それで儲《もう》けて、まとまった元手ができれば、もっとでかいことも試せるかもしれない。で、トラックを降りると、グレンデールに戻る車に乗せてもらって、コーラたちがあれこれ品物を買ってた市場をぶらつくことにしたんだ。コーラにばったり会えるかもしれないと思って。電話も何度かしたんだが、そのたびにあのギリシア人が出たんで、まちがい電話のふりをしなきゃならなかった。市場をぶらついてないときには、通りを一ブロック行ったところにあるビリヤード場にも顔を出してて、そんなある日のことだ。男がひとりでショットの練習をしてた。キューを持つ恰好《かっこう》からど素人《しろうと》なのはすぐにわかった。おれは隣りの台で練習を始めた。二百五十ドルでホットドッグ屋ができるとしての話だが、三百五十もあればもっとうまく楽にやっていけるはずだ。

「サイドポケットに玉を落とす可愛《かわい》いゲームをやらないか？」

「そういうのはあんまりやったことがないな」

「なんてことはない。ただ玉をひとつサイドポケットに入れりゃいいんだよ」

「でも、見るからにあんたは強そうだ」

「おれが？　おれはただのひよっこさ」

「だったら、遊びでやるのならいいよ」

おれたちはプレーを始めた。おれはそいつに三ゲームか四ゲーム取らせてやった。そうやってそいつの気分をよくしてやった。でもって、首を振りつづけた。どうにもわけがわからないというふうに。

「見るからにおれが強そうだって？　なあ、あれってジョークだったんだよな。真面目な話、ほんとはもっとうまいんだけどな。どうもうまくいかない。なあ、一ドル賭《か》けてもうちっとゲームを面白くしないか？」

「そうだな。一ドルならそんなに負けやしないからな」

おれたちは一ゲーム一ドルでゲームを始めて、四ゲームか五ゲーム、もしかしたらそれ以上、おれはそいつに勝たせてやった。こっちはやけに神経質になってるふりをした。ショットのあいだに手のひらをハンカチで拭《ふ》いたりして。手に汗をかいてるみたいに。

「なあ、どうもおれはうまくやれてない。一ゲーム五ドルにしないか？　それでおれは負けた分を取り返せる。でもって、そのあと飲みにいくってことでどうだい？」

「そうだな。ただのお遊びなんだからな。おれだってあんたの金を巻き上げたくなんかないよ。いいとも。五ドルにしてそれでやめよう」

おれはさらに四ゲームか五ゲーム勝たせてやった。そのときのおれの様子を見たら、みんなおれは心不全でも起こしたか、ほかにもひとつふたつ悪いところがあるんじゃないかと思ったことだろう。実際、顔面蒼白《そうはく》にもなってた。

「なあ。とうてい太刀打ちできないやつを相手にしてるってことは、さすがにおれにもわかってきたよ。でも、二十五ドルにしようじゃないか。それでおれはチャラにできる。そのあと飲みにいこうぜ」

「それはおれには高すぎるよ」

「何を言ってる？　今まで勝った分でプレーすりゃいいんだろうが。ええ？」

「そうだな。いいだろう。じゃあ、二十五で」

そこからおれは本気で撞きはじめた。ビリヤードの天才、ホッピーも顔負けみたいなショットを次々と決めた。スリー・クッションで玉を入れたり、手玉じゃない玉で別の玉を入れたり、玉に回転をかけるイングリッシュ・スタイルのショットも披露して、最後はジャンプショットさえ決めたりもした。相手のやつは玉の配置を自分で不利にするわ、〝眼の見えないピアノ弾きのトム〟にはできそうにないショットはやっぱりできないわ、撞きそこなうわ、手玉をポケットに落とすわ、落としちゃいけないポケットに玉を落とすわで、クッションを使った撞き方なんか一度もやらなかった。なのに、ビリヤード場を出たときには、そいつがおれの二百五十ドルとおれの三ドルの時計をせしめてた。その時計はコーラが市場にやってくるかもしれないと思って、時間を確かめるのに買ったんだ。そう、おれも下手じゃなかった。ただ充分うまくはなかった。そのことがただひとつ災いしたということだ。

ギリシア人だった。おれがまだドアから出きらないうちから通りを渡っておれのほうに走ってきた。

「よお、フランク！」

「よお、フランク、この野郎が。どこにいた？　あいつを置き去りにしやがって。おれが頭を怪我《けが》して、おまえを一番必要としてるときにぷいといなくなるなんて」

おれたちは握手をした。やつはまだ頭に包帯を巻いてて、眼つきもどこかおかしかったが、新しいスーツをまとって、黒い帽子を斜めにかぶって、紫色のネクタイをしめて、茶色の靴を履いて、すっかり着飾ってた。金《きん》の懐中時計の鎖をヴェストにちらつかせて、手には大きな葉巻を持ってた。

「やあ、ニック！　調子はどうだい？」

「おれかい、調子はいいよ。トイレを出たすぐあとでもこれほど気分はよくないだろうよ。だけど、なんでいなくなったんだ？　こっちとしちゃ腹が立ってしょうがなかったぞ。この野郎」

「まあ、あんたもおれのことはわかってるだろ、ニック。ひとつところにしばらくいると、どうしてもまたぷらぷらしたくなるんだよ」

「それにしたってあんなときを選ぶことはないだろうが。で、何してる？　なあ、この野郎、何もしてないんだろ、わかってるよ。これからステーキ肉を買うんだが、一緒に来てくれ。全部話すからさ」

「あんた、ひとりなのか？」

「わかりきったことは言わんでくれ。おまえに出ていかれて、いったい誰が店を切り盛りしてると思う？　ひとりに決まってるだろうが。今じゃおれとコーラは一緒に出ない。ひとりが出たら、ひとりが残らなきゃならない」

「そういうことなら、とにかく歩こうか」

ステーキ肉を買うのに一時間ほどかかった。そのあいだあいつはしゃべりっぱなしだった。頭蓋骨《ずがいこつ》にひびがはいってたこと、こんなひびは医者も見たことがないと言ってたこと、おれが出てったあとに雇ったやつとはまるっきりうまくいかなかったこと、あのあとふたり手伝いを雇ったようだが、ひとりは雇った日に馘《くび》にしたこと、もうひとりは雇った三日後にレジの金をくすねていなくなったこと。何を差し出してもいいから、おれにまた戻ってきてほしいと思ってること――そんなことをべちゃべちゃしゃべった。

「フランク、実はな、明日、おれたちは——おれとコーラはサンタ・バーバラへ行くんだ。かまうことはない、少しは羽を伸ばさないとな。祭りを見にいくんだよ。おまえも来いよ。祭りは好きだろ、フランク？　一緒に来いよ。おまえがまた戻ってきて店を手伝ってくれる話とかしようじゃないか。サンタ・バーバラの祭りは好きだろ？」

「まあ、面白いって聞いたことはあるけど」

「女がいるだろ、音楽があるだろ、通りには踊りだろ、愉《たの》しいぞ。なあ、フランク、いいだろ、なあ？」

「どうするかなあ」

「せっかくおまえに会えたのに連れて帰らなかったら、おれがこっぴどくコーラに怒られる。ひょっとしてあいつはおまえに生意気な態度を取ってたかもしれないけど、ほんとはおまえのことをいいやつだって思ってるんだよ、フランク。なあ、三人で行こうぜ。すごく愉しいぞ」

「わかった。彼女もそれでいいなら、行くよ」

おれたちがやつの店に着いたときには店内に八人から十人の客がいて、コーラは厨《ちゅう》房《ぼう》にいて、客たちに出す料理の皿が足りなくなったりしないよう、せっせと皿洗いをしてた。

「おいおい、コーラ、おれが誰を連れてきたか、しっかり見てくれ」

「あれあれ。どこから連れてきたの？」

「今日グレンデールでばったり会ったんだ。フランクもサンタ・バーバラに行くってさ」

「やあ、コーラ。元気だったかい？」

「ずいぶんとお見かぎりだったじゃないの」

　彼女は簡単に手を拭いておれと握手した。その手にはまだ石鹸《せっけん》が残ってた。それから注文の料理を持って店のほうに出ていった。おれとギリシア人は椅子《いす》に坐《すわ》った。料理を運ぶ手伝いはギリシア人も時々やったが、それよりおれにあるものを見せるのに忙しくて、店のほうはコーラひとりに任せっきりだった。彼がおれに見せたがったのは大きなスクラップブックで、最初のページには彼の帰化証明書が貼《は》りつけてあった。それに結婚証明書、ロスアンジェルス郡で商売をするための営業許可証、ギリシア軍に属してた頃の彼の写真、結婚当日の彼とコーラの写真、あとは彼が見舞われた例の事故に関する新聞の切り抜きだった。ただ、言っておくと、一般紙の記事は彼に関するものより猫に関するものが多かった。それでも、彼の名前も出てて、彼がグレンデール病院に運ばれた様子とか、回復が見込まれることとかも書かれてた。そんな中でロスアンジェルスのギリシア語新聞だけは、猫より彼のことに紙面を割いてて、彼がウェイターをやってたときの燕尾服《えんびふく》姿の写真も載ってて、彼の半生にも触れてた。それからレントゲン写真。経過を見るのに毎日新しい写真が撮られたんで、それが五、六枚あった。彼はスクラップブックのページのへりを二枚貼り合わせて、真ん中を切り取って、そのあいだに写真をはさみ込んで光に透かして見られるようにしてた。レントゲン写真の次は病院の治療費の領収書だった。医者の領収書、看護婦の領収書。あの頭への一撃のおかげで三百二十二ドルもかかってた。信じられないような額だが。

「どうだ、すごいもんだろ？」

「ああ。全部そろってる。ちゃんと順序立ってる」

「もちろん。だけど、まだ終わっちゃいないんだ。あと赤と白とブルーできれいに仕上げようと思ってる。見てくれ」

彼は自分でデザインを凝らしたページを何ページか見せてくれた。インクで渦巻き文字を書いた上に赤と白とブルーの色を添えてて、帰化証明書の上にはアメリカ国旗が二本と鷲《わし》、ギリシア軍に属してた頃の写真の上にはギリシア国旗が交差して、もう一羽鷲が描かれてて、結婚証明書の上には木の枝にとまったつがいのキジバトが描いてあった。ほかのものについてはまだ決めかねてるようだったんで、新聞の切り抜きにはしっぽから赤と白とブルーの炎を放ってる猫を描いたらどうだと言ったら、彼はそのおれの考えをすごく気に入ったようだった。ロスアンジェルス郡の営業許可証には、倒産したギリシア人の店をハゲタカが競売にかけて〝お買い得〟という旗を振ってる絵はどうかと提案してみたが、それはあんまりうけなかった。こっちとしてもその可笑《おか》しさをわざわざ説明しようとは思わなかったが。いずれにしろ、ようやくわかったのは、なんでこいつがやけにめかし込んで、まえみたいに料理を運ぶこともなく、偉そうにしてるのかということだ。このギリシア人は頭にひびがはいった。そういうことはこいつみたいなおめでたいヌケ作にそうそう起こることじゃない。要するに、こいつもドラッグストアを開くイタ公みたいになったということだ。〝薬剤師〟と書かれた赤い認証印付きの免状を手にするなり、黒い縁取りのあるヴェストにグレーのスーツを着込んで、偉ぶりすぎて薬を調合する時間も持てなくなって、チョコレートアイスクリーム・ソーダなんかには手もつけなくなるイタ公。このギリシアおやじも同じ理由でめかし込んでるんだ。つまるところ、こいつの身にはそれだけ大きなことだったということなんだろう。

夕食直前になって、彼女とようやくふたりだけになれた。風呂《ふろ》にはいりにギリシア人が階上《うえ》にあがったあと、おれとコーラだけ厨房に残ったんだ。

「おれのこと、考えてたかい、コーラ？」

「もちろん。そんなすぐには忘れないよ」

「おれはずっとおまえのことを考えてた。で、元気にしてるのか？」

「あたし？　ええ、元気にしてる」

「何度か電話したんだよ。だけど、いつも彼が出てさ。彼とは話したくなかった。ちょっとばかり金ができたんだ」

「へえ、うまくやってるのね。よかったわ」

「うまくやったんだが、そのあとスッちまった。その金を元手におまえと何か始められないかって思ったんだけど、結局、スッちまった」

「ほんとに、お金ってどこに消えちゃうのかしらね」

「ほんとにおれのことを考えてたのか、コーラ？」

「ほんとに」

「そんなふうに見えないけど」

「あたしは全然普通に振る舞ってると思うけど」

「キスしてくれるか？」

「もうすぐ夕食じゃないの。顔とか手とか洗うのなら用意したほうがいい」そんな調子だった。その夜はずっとそんな調子だった。ギリシア人は例の甘ったるいワインを持ち出していっぱい歌を歌った。おれたちにはすることがなかった。彼女にとっておれは以前ここで働いてたことのあるただの男だった。名前もちゃんと覚えてないようなただの男。こんな情けない再会はそうそうあるもんじゃない。最悪だった。

寝る時間になって、ふたりは階上《うえ》にあがって、おれは外に出た。ここに残って彼女とまたやっていけるかどうか、それとも、もうここはおん出て彼女のことは忘れるべきか考えた。けっこう歩いた。どれぐらいの時間、どれぐらいの距離を歩いたのかはわからないが、しばらくすると、言い合いをする声が家のほうから聞こえてきた。家に戻って近づくと、ふたりの言い合いがところどころ聞こえてきた。彼女は大声で怒鳴ってた。おれには出ていってもらったほうがいいと怒鳴ってた。ギリシア人のほうはなにやらもごもごと言ってた。やつとしては、おれに残ってほしいんだろう、残ってここで働いてほしいんだろう。彼女を黙らせようとしてた。だけど、おれにはわかった。彼女はおれに聞かせたくて大声をあげてるのだ。そのとき自分の部屋にいたら

――彼女はそう思ったんだろう――おれにはまるまる聞こえてただろう。外にいてさえ充分に聞こえたんだから。

するといきなり声がやんだ。おれはこっそり厨房にはいって耳をすました。何も聞こえなかった。それだけ動揺してたんだ。聞こえるのは自分の心臓の鼓動の音だけだった。ドックンドックン、ドックンドックン、ドックンドックン。自分の心臓の鼓動にしては妙な音だった。そこでいきなり気づいた。そのとき厨房にあったのはおれの心臓だけじゃなかった。だから妙に聞こえたんだ。

おれは明かりをつけた。

コーラが立ってた。赤いキモノを着て。ミルクみたいに白い顔をして。おれを見つめてた。細身の長い包丁を手に持って。おれは手を伸ばしてそいつを彼女からつかみ取った。彼女が口を開くと、その囁《ささや》きがこんなふうに聞こえた。ヘビが舌を出したり引っ込めたりしてる音のように。

「どうして帰ってこなきゃならなかったのよ?」

「そうしないわけにはいかなかったんだ。それだけだ」

「帰ってくる必要なんてなかったのに。あたしのほうは我慢できてたのに。あんたを忘れるようにしてたのに。なのに、帰らないわけにはいかなかったなんて。このろくでなし。帰らないわけにはいかなかったなんて!」

「我慢するって何を我慢するんだ?」

「あの人がスクラップブックなんかつくってることよ! あれはあの人の子供たちに見せるためのものなのよ! 子供を欲しがってるのよ。今すぐにも!」

「ふうん。どうしておれと一緒に来なかった?」

「なんのために? 貨物列車の中で寝るために? どうしてあたしはあんたと一緒に行かなくちゃならなかったの? 教えて」

おれには何も言えなかった。おれは稼いだ二百五十ドルのことを思った。だけど、昨日は持っててもビリヤードでスッちまって今日は持ってない金の話をして何になる?

「あんたは役立たずよ。あたしにはわかる。あんたはただの役立たず。だから、戻ってきたりなんかしないで、どっかに行ってってあたしをひとりにしておいて。あたしにはもうかまわないで」

「聞いてくれ。子供のことについちゃ、とりあえずやつをうまく言いくるめるんだ。時間稼ぎをして、そのあいだにおれたちに何かできないか考えるんだ。確かにおれは役立たずかもしれない。だけど、おまえを愛してるんだよ、コーラ。それだけは誓って言える」

「誓うのはいいけど、それでどうするの？　あの人はあたしをサンタ・バーバラに連れていこうとしてるのよ。あっちへ行ったら、あたしは彼に、いいわ、だったら子供をつくりましょうなんて言うわけよ。あんたは――あんたはそのあいだずっとあたしたちと一緒にいるわけよ。あたしたちと同じホテルに泊まってるのよ！　車の中にもずっといるのよ。あんたはずっと――」

彼女はそこで黙った。おれたちは突っ立ったまま見つめ合った。車の中にずっと三人でいること。それはどういうことなのか、おれたちにはよくわかった。少しずつおれたちは近づいた。互いに触れ合うまで。

「ああ、なんてこと、フランク。ほかに抜け出す道はないの？」

「まあ、おまえはさっきあいつにナイフを突き立てようとしてたわけだけど」

「それはちがう。あたしは自分を突き刺そうとしてたのよ、フランク。あの人じゃなくて」

「コーラ、もうこれは決まってたことだ。抜け出すほかの道はもうみんな試しただろうが」

「脂《あぶら》でギトギトしたギリシア人の子供なんて産めない。そんなの無理よ。それだけ。

あたしが産めるのはあんたの子供だけ。あんたがいくらかでも役に立つ男ならよかったんだけど。あんたは頭はいいけど、役立たずよ」

「確かにおれは役立たずだけど、でも、おまえを愛してる」

「ええ、あたしも愛してる」

「とにかくあいつを言いくるめるんだ。今夜一晩だけでも」

「わかったわ、フランク。今夜一晩だけでもね」

7

「長い長い曲がりくねった小径《こみち》
ぼくの夢の国へと続いてる
白い月の光もさやか
サヨナキドリの歌う国

長い長い夜を待ち
ぼくの夢がみな叶《かな》う
ぼくは歩くその日まで
あの長い長い小径をきみとふたりで」

「お連れさんたちはご機嫌みたいだね？」

「ご機嫌すぎるわ」

「そういうことなら、お連れさんたちにはハンドルを握らせないことだ、お嬢さん。それだけ気をつけてりゃ、お連れさんたちも大丈夫さ」

「そう願いたいわね。二人組の酔っぱらいなんて願い下げよ。そんなことわかりきってる。でも、あたしに何ができた？　あんたたちとは一緒に行かないって言ったのよ。でも、そしたらふたりだけで行こうとするんだもの」

「ふたりだけで行ってたら、ふたりとも首の骨を折ってたね」

「それよ。だからあたしが運転したわけ。ほかにどうしようもないじゃないの」

「どうしようかこうしようか、考えなきゃならないときも人生たまにはあるもんさね。ガソリン代は一ドル六十セント。オイルは大丈夫？」

「と思うけど」

「どうも、お嬢さん。じゃあ、気をつけて」

コーラは車に乗ると、またハンドルを握った。おれとギリシア人は歌いつづけて、おれたちは走りつづけた。すべてが芝居の一部だった。おれは酔っぱらってなきゃならなかった。完全犯罪ができるなんて考えはまえの一件で端《はな》からあきらめてた。今回は殺人とも言えないお粗末な殺人になるはずだった。よくあるただの自動車事故だ。酔っぱらいの男がふたり、車の中には酒、ほかにもあれやこれや。おれが飲みはじめたら、ギリシア人にも飲んでもらわなきゃならなかった。言うまでもない。それで実際こっちが望んだとおりになった。ガソリンを入れるのに停まったのも、彼女は素面《しらふ》で、おれたちとは一緒に行きたがってはおらず、おまけに運転をしてたんで、飲むわけにもいかなかったことを証言してくれる証人をつくるためだ。そのまえにおれたちはちょっとした幸運に恵まれてた。店を閉める直前、九時頃だったが、男の客が何か食べに店にやってきて、おれたちが出発するところを道路に突っ立って見てたんだ。おれたちのショーを一部始終。おれが車のエンジンをかけて、何度かエンストさせたところも。酔っぱらいすぎておれには運転なんか無理なことについて、おれとコーラが言い合いをするところも聞いてた。彼女が車から降りて、おれたちとは一緒に行かないと言うところも見てた。おれとギリシア人だけ乗せた車をおれが出そうとしたところも。そのあと彼女がおれたちを降ろして、座席を交換して、おれはうしろに坐《すわ》って、ギリシア人は助手席に乗って、彼女が運転席に坐って運転するところも。そいつはエンシーノでウサギの飼育をしてるジェフ・パーカーというやつで、そいつの名刺はコーラがちゃんともらってた。店で試しにウサギ料理を出すかもしれないということで。だから、そいつが必要になったら、どこへ行けば会えるか、おれたちにはわかってた。

おれとギリシア人で『マザー・マクリー』を歌い、『スマイル・スマイル・スマイル』を歌って、『ダウン・バイ・ジ・オールド・ミル・ストリーム』を歌ってると、すぐに〈マリブ・ビーチ〉という標識が見えてきた。コーラはその標識が示すほうにはいった。本来ならそれまで走ってきた道をそのまま進めばよかった。海岸に出る幹線道路は二本ある。一本は内陸に十マイルほどはいったところを走ってる道路、おれたちが走ってきた道路だ。もう一本は海辺を走る道路で、その道路はそこから左に折れてた。二本はヴェンチュラでぶつかって、そのあとはサンタ・バーバラへでもサンフランシスコへでもどこへでもずっと海に沿って走ればいい。が、おれたちの計画はこういうことだった。映画スターが住むマリブ・ビーチを見たことがないコーラが、海に出るその道を行きたがったことにしたんだ。そうやって二マイルばかりマリブ・ビーチを見たら、そのあとはまた引き返してサンタ・バーバラをめざせばいい。だけど、ほんとの狙《ねら》いはその道がロスアンジェルス郡でも最悪の道だということだ。そこでは事故が起きても誰も、お巡《まわ》りでさえ驚かない。あたりは暗くて、走る車もほかにはほとんどない。家も何もない。そこはおれたちがやることにまさにもってこいの場所だった。

　ギリシア人はしばらくなんにも気づかなかった。〃マリブ・レイク〃と呼ばれる、丘の上の小さなサマーリゾートのそばを通り過ぎた。そこのクラブハウスではダンスパーティをやってた。カヌーで湖に出てるカップルも何組かいた。おれはそいつらを冷やかした。ギリシア人も同じように声を張り上げた。「おれにも一発やらしてくれ！」大したことじゃないけど、おれたちのたどったルートをわざわざ調べようなんてするやつが出てきたときには、これもひとつの証拠になるはずだ。

　最初の長いのぼり坂をのぼって山にはいった。それが三マイルほど続いた。運転のしかたはまえもって彼女に教えてあって、だいたい彼女はギアをセカンドに入れて走った。それはひとつに、五十フィートおきに急カーヴが続いて、そういうカーヴに差しかかると、車は一気に減速するんで、走りつづけるにはいちいちセカンドに入れなければならなかったからだが、もうひとつ、エンジンをオーヴァーヒートさせなければならなかったからでもあった。あらゆることが調べられるはずだ。説明しなきゃならないことは山ほど出てくるはずだった。

　そこでギリシア人が窓の外を見て、自分たちがどれほど暗いところを走ってるか気づいた。正気に戻ったようで、明かりも家もガソリンスタンドも何も見えない、ひどいど田舎の山の中を走ってることについて、ぐちぐち文句を言いはじめた。

「待てよ、待てよ。引き返せ。なんてこった、道からはずれてるじゃないか」

「はずれてなんかいないわよ。どこを走ってるか、あたしにはちゃんとわかってるから。これでマリブ・ビーチに着くのよ。覚えてないの？　あたし、マリブ・ビーチが見たいって言ったでしょ？」

「だったらもっとゆっくり走れ」

「ゆっくり走ってる」

「もっともっとゆっくり走れ。みんな死んじゃうぞ」

山のてっぺんにたどり着いて、あとはくだりになって、彼女はエンジンを切った。ラジエーターのファンが止まると、エンジンは数分でオーヴァーヒートする。山の麓《ふもと》まで降りると、彼女はまたエンジンをかけた。水温計を見たら、摂氏九十度を超えていた。次ののぼり坂になると、温度はさらに上がりつづけた。

「はい、はい、はい、はい」

それがおれたちの合図だった。男がどんなときでも口にするどうでもいいことばだ。誰も気にとめたりしない。彼女は車を道路脇《わき》に寄せて停めた。底を見ることができない深い谷が下にあった。五百フィートはあるだろう。

「ちょっとエンジンを冷ますね」

「おったまげた、すぐ冷ませ。フランク、見てみろ。水温計の目盛りがどうなってるか」

「どうなってるって？」

「九十六度にもなってる。今にも沸きだすぞ」

「だったら沸きださせときゃいい」

おれはスパナを取り上げて、足のあいだに置いた。が、そのとき坂道の上のほうに車のヘッドライトが見えた。待たなきゃならなかった。その車が通り過ぎるまでしばらく待たなきゃならなかった。

「おい、ニック、なんか歌えよ」

彼は窓の外の荒れた土地を見てた。歌う気分ではなさそうで、いきなりドアを開けて外に出て車のうしろにまわった。吐いてるのが聞こえてきた。車が通り過ぎたとき、彼はそこにいた。おれは車のナンバーを見て、心に焼きつけた。それから声に出して笑った。彼女がおれに眼を向けた。

「大丈夫。今の車のやつにもよくわかるようにしただけだ。自分たちが通り過ぎたときには男はまだふたりとも生きてたって」

「ナンバーは覚えた？」

「2R－58－01」

「よし」

あいつが車の陰から出てきた。少しは気分がよくなったようで、あいつは言った。

「聞いたか？」

「聞いたって何を？」

「おまえが笑ったとき。こだました。すごくきれいなこだまだった」

そう言って、彼は高い音を出した。歌ったわけじゃない。ただ高い音を出したんだ、カルーソーのレコードみたいに。そのあといきなり声を出すのをやめると、耳をすました。確かにこだまが返ってきた。すごくはっきりと。そのこだまは彼がやめたのと同じようにいきなりやんだ。

「おれの声みたいに聞こえたか？」

「まさにあんたの声だったよ。らっぱみたいなあんたの声そのものだった」

「おったまげたな。すごいじゃないかい」

彼はそこに五分ほど突っ立って、高い音を出しては返ってくるこだまに耳をすました。自分の声がどんなふうに聞こえるか、聞くのが初めてだったんだろう。鏡に映った自分の顔を見てるゴリラみたいに喜んでた。彼女はおれをずっと見てた。このあとおれたちは忙しくなるはずだった。苛立《いらだ》ったふりをしておれは言った。「なんなんだよ？　あんたのヨーデルを一晩じゅう聞かされる以外、おれたちにはすることがないのかよ？　さあさあ、乗れよ。行こうぜ」

「遅くなるわ、ニック」

「あいよ《ホーケー》、あいよ《ホーケー》」

やつは車に乗ったものの、顔を窓から突き出してもう一声をあげた。おれは床に足を踏ん張り、やつがまだ窓に顎《あご》をのっけてるうちにスパナを振り降ろした。やつの頭が割れた。それが感じられた。やつはぐにゃりとなって、シートの上に丸まった。ソファの上の猫みたいに。それでもじっと動かなくなるまでには一年ぐらいかかったみたいに思われた。コーラが妙な声を咽喉《のど》から出した。それが最後にうめき声になった。そのとき彼の声のこだまが返ってきたからだ。そのこだまはやつの声のとおり高い音だった。そのこだまも響いてやんだ。そして、次の声を待ちかまえた。

8

おれたちは何も言わなかった。やるべきことはコーラにもわかってた。うしろの座席に移った。おれはまえの座席に移った。ダッシュボードの下に転がってるスパナを見た。血が数滴ついてた。おれはワインのボトルのコルクを抜いて、その血が消えるまでワインをスパナにぶっかけた。やつにもワインがかかるようにした。それからやつの服の乾いた部分でスパナを拭《ふ》いてコーラに渡した。コーラはスパナを座席の下にしまった。スパナを拭いたところにさらにワインをかけてから、ドアにぶつけてボトルを割って、割れたボトルを彼の上に置いた。そうして車のエンジンをかけた。ワインのボトルはごぼごぼという音を立てた。見ると、割れたところからワインがいくらかこぼれてた。

少し走らせて、ギアをセカンドに入れた。今いる五百フィートの高さから車を転落させるわけにはいかない。車が落ちたところまであとから行かなきゃならないし、それにそんな深いところに突っ込んで、どうして生きてられる？　セカンドでゆっくりと運転して、崖《がけ》が突き出てて谷の深さが五十フィートほどしかないところまで来ると、車をぎりぎりまでへりに寄せて、足をブレーキペダルにのせて、ハンドスロットルでエンジンをふかして、右の前輪が崖から宙に浮き出ると同時に思いきりブレーキを踏んだ。そこで車はエンストを起こした。狙いどおりに。イグニッションはオンのまま、ギアははいった状態にしておかなきゃならない。おれたちがこのあとやらなきゃならないこととエンストは矛盾しない。

ふたりとも車を降りた。足跡が残らないよう路肩じゃなく道路に降りた。車の後部に置いておいた岩とツーバイフォー材を彼女から渡され、おれは岩をうしろの車軸の下に置いた。ぴったりだった。そういう岩を選んでおいたんだ。さらにツーバイフォー材を岩の上に置いて、材木の上に体重をかけた。てこの原理で車体が少し傾いた。が、そこで停まっちまった。もう一度体重をかけた。さらに傾いた。汗が出てきた。車の中には男の死体があるのに、こんなところでこのあと車を引っくり返せなかったら?

おれはもう一度体重をかけた。そのときにはコーラもそばにいて、ふたりで体重をかけた。さらにかけた。それはいきなり起きた。ふたりとも道路に放り出されて、車は一マイル離れてても聞こえそうな大きな音を立てながら崖を転がり落ちた。

そして止まった。ライトはついたままだったが、炎上はしなかった。そこのところは大きな賭《か》けだった。イグニッションがオンになったままの車が炎上したら、どうしておれたちはふたりとも火傷《やけど》をしてないのかということになる。おれは岩を引っつかんで、谷底に放った。ツーバイフォー材も拾い上げると、それを持って道路を少し走って、路上に捨てた。それで何も問題はなかった。どこに行こうと、道路にはトラックから落っこちた木材が散らばってるものだ。そういう木材にはみんな車に轢《ひ》かれた跡があって、そのツーバイフォー材もそういう木材だった。一日じゅう外に出してあったんで、タイヤの跡がついてて、角もぎざぎざになってた。

おれは走って戻ると、コーラを抱え上げて崖をすべり降りた。どうして抱え上げたのかというと、足跡のためだ。おれの足跡は気にもとめられないだろう。すぐにこのあたりは男の足跡でいっぱいになるだろうから。だけど、そういう跡をわざわざ探そうとするやつが出てきた場合、彼女のハイヒールの跡は崖をのぼる形で残ってなきゃならない。

おれはコーラを降ろした。車は谷底までのほぼ中間点でタイヤふたつで引っかかってた。やつは車に乗ったままだったが、今は床に放り出されてた。ワインのボトルが座席とやつとのあいだにはさまって、おれたちが見てるあいだもごぼごぼと中身がこぼれてた。車は屋根が内側に折れ曲がって、フェンダーもふたつとも曲がってた。ドアを試してみた。ここが肝心だった。なぜなら、おれは車に乗らなきゃならないからだ。コーラは助けを呼びに道路に戻って、おれのほうは車に乗ったまま、ガラスで怪《け》我《が》をしたりしてなきゃならない。ドアは問題なく開いた。

コーラは普通のままじゃおかしい。おれは彼女のブラウスをつかんで、ボタンを引きちぎった。コーラはそんなおれをじっと見つめた。そのときの彼女の眼の色はブルーじゃなくて黒に見えた。彼女の息づかいが速くなったのがわかった。それが止まった。おれにぐっと身を近づけて、コーラは叫んだ。

「破いて！　あたしを破いて！」

おれはコーラを破いた。彼女のブラウスの中に手を入れて引き裂いた。咽喉から腹までまえがすっかりはだけた。

「車から這《は》い出たときにドアの把《と》っ手《て》に引っかけたことにするんだ」

自分の声が変に聞こえた。まるでブリキの蓄音機から聞こえてくるような声だった。

「これはなんでできたかおまえにもわからない」

そう言って、おれは腕を引いて、思いきりコーラの眼を殴った。彼女は倒れた。おれの足元に倒れた。眼がぎらぎら光ってた。乳房が震えてた。乳首をとがらせた乳房がまっすぐおれのほうを向いてた。コーラはその場に倒れてて、おれのほうは咽喉の奥から獣みたいなうめき声を出してた。舌が口の中いっぱいになるほどふくれて、そんな舌の中で血がドクドク音を立ててた。

「やって、やって、フランク、やって！」

次に気づいたときにはコーラと一緒になってた。互いの眼を見つめ合って、お互い腕に目一杯力を込めて、きつく、もっときつく抱き合ってた。地獄がそのときおれのために口を開けたのかもしれない。だったとしてもどうなってもよかった。おれはコーラとやらなきゃならなかった。たとえそのために縛り首になっても。

だからおれは彼女とやった。

9

まるで麻薬でもやったみたいになって、おれたちはしばらく寝そべってた。静かだった。車の中のワインの壜《びん》が立ててるごぼごぼという音しか聞こえなかった。

「このあとは、フランク？」

「このあとは楽な道じゃない。コーラ、これからはしっかりしててくれよ。ちゃんとできるよな？」

「こうなったらなんだってできるよ」

「お巡《まわ》りはおまえに容赦しないだろう。おまえを落とそうとするだろう。覚悟はできてるな？」

「うん」

「おまえに何か押しつけてこようとするだろう。これだけ証人がいるんだからな、実際にはそんなことはやつらにもできないだろうが、それでもたぶん何かしてくるだろう。もしかしたら過失致死で起訴されて、おまえは一年ぐらい刑務所に入れられるかもしれない。それが最悪のパターンだ。でも、それぐらい我慢できるよな？」

「あたしが出てきたときにはあんたが待っててくれるんでしょ？」

「ああ、待ってるよ」

「だったらできる」

「おれには絶対注意を向けるな。おれは酔っぱらってる。そりゃテストをすりゃ簡単にわかることだ。だから、おれはトンチンカンなことを言う。お巡りを惑わすためにな。そのあと素面《しらふ》になったら、きちんと話す。やつらはそっちを信じる」

「覚えとく」

「おまえはおれにとことん腹を立ててる。酔っぱらっちまったことについて。今度のことすべての元凶になったことについて」

「うん、わかってる」

「それでばっちりだ」

「フランク」

「なんだ？」

「ひとつだけ言わせて。あたしたちは愛し合ってないといけない。愛し合ってれば、何も問題ない」

「ああ、おれたちは愛し合ってる。だろ？」

「あたしが最初に言うね。愛してる、フランク」

「おれも愛してるよ、コーラ」

「キスして」


おれはキスしてコーラをしっかり抱いた。そのとき谷の反対側の丘の上に車のヘッドライトがちらちらしたのが見えた。

「さあ、上に戻れ。やり通すんだ」

「うん、やり通すわ」

「助けを呼ぶんだ。おまえはまだあいつが死んだことを知らない」

「わかってる」

「車から這い出たあとおまえは転んだ。だから服に砂がついてる」

「わかってる。じゃあね」

「じゃあ」

コーラは崖をのぼって、おれは車の中にもぐり込みかけた。ところが、そこで帽子がないことにいきなり気づいた。おれは車の中にいなきゃならず、当然、おれの帽子も車の中になきゃいけない。おれは這いずりまわって探した。車はどんどん近づいてた。カーヴをあとふたつか三つ曲がったらもうやってくる。なのにおれは帽子をなくして、まだ体に痣《あざ》ひとつつけてなかった。帽子はあきらめ、車に向かった。そこですっ転んだ。帽子に足が引っかかったんだ。帽子を引っつかんで、車に飛び込んだ。おれの体重が車の床にかかるなり、車体が沈み、ひっくり返り、おれの上にのしかかってきた。いっときおれは意識をなくした。

次に気がついたときには地べたに横たわってた。まわりでは怒鳴り声や話し声がいっぱいしてた。左腕がものすごく痛くて、痛みが走るたびにおれは叫び声をあげた。背中も同じだった。頭の中のうなりが大きくなっては遠ざかった。そんなふうになると、地べたがどこかになくなって、飲んだものが込み上げてきた。おれはそこにいて、そこにいなかった。それでも、地面に転がって足をばたつかせるだけの頭はあった。服には砂がついちまってて、それには理由がなきゃならない。

次に気づいたら、耳の中で甲高い音が響いてて、おれは救急車に乗せられてた。州警察の警官がひとり足元にいて、医者がおれの腕の治療をしてた。それを見るなり、おれは意識をなくした。血が流れてた。手首と肘《ひじ》のあいだが折れた枝みたいに曲がってた。骨折したんだ。次に気がついたときにも、医者はまだおんなじ手当てをしてた。おれは背骨のことを思った。麻痺《まひ》してないかどうか確かめようと、足をもぞもぞと動かしてみた。足は動いた。

甲高いサイレンの音にまた起こされて、まわりを見た。ギリシア人がいた。もうひとつの寝台に寝かされてた。

「よう、ニック」

誰も何も言わなかった。おれはさらにまわりを見まわした。コーラの姿はどこにもなかった。

しばらくして救急車が停まって、ギリシア人が運び出された。おれは自分も運び出されるのを待った。だけど、そうはならなかった。そこで、おれにもギリシア人がほんとうに死んじまったことがわかった。今度ばかりはもうどんないい加減な話も要らない。やつに猫の話なんぞ信じ込ませたりしなくてもいい。そういうことだ。おれたちがふたりとも運び出されたら、そこは病院だということだ。だけど、あいつだけ運び出された。それはつまりそこが死体置き場だったということだ。

救急車はそのあともしばらく走って、次に停まったところで降ろされた。中に運び込まれて、ストレッチャーにのせられて、白い部屋に入れられた。おれの腕の手当をする準備がされて、そのためにおれに麻酔ガスを嗅《か》がせる車輪付きの機械が運び込まれた。だけど、そこで医者たちが言い合いを始めた。その頃には警察医という別な医者も来てて、病院の医者たちはえらく腹を立ててた。どういうことかおれにはわかった。飲酒検査のせいだ。麻酔ガスをさきにおれに嗅がせてしまうと、飲酒検査で一番大切な呼気テストができなくなる。警察医はいったん部屋を出てから、おれにガラスの管に息を吐かせた。その管は水みたいに見えるものにつながってたが、おれが息を吐くと水が黄色くなった。そのあと警察医はおれの採血をしてほかにもサンプルを採って、それを漏斗《ろうと》でいくつかの瓶に入れた。麻酔ガスはそのあと嗅がされた。

意識が戻ると、部屋にいた。ベッドの上に。頭には包帯が巻かれて、腕にも巻かれて、腕はさらに三角巾《きん》で吊《つ》られてた。背中はそこらじゅうに粘着固定テープが貼《は》られて、ほとんど身動きができなかった。州警察のお巡りがいて、朝刊を読んでた。頭がひどく痛くて、背中もそうで、腕はずきずき痛んだ。しばらくして看護婦がやってきて薬をくれて、おれはまた眠った。

眼が覚めたのは午頃《ひる》だった。まず食いものを与えられた。お巡りがさらにふたりはいってきて、おれを担架に寝かせて、別の救急車に乗せた。

「どこへ行くんだ？」

「検死審問だ」

「検死審問。それって誰かが死んだらやるやつだよね」

「そうだ」

「そうじゃないかと思ってた。ふたりとも死んだんじゃないかって」

「ひとりだけだ」

「どっちだ？」

「男のほうだ」

「ああ。女もひどい怪我をした？」

「そうでもない」

「おれ、相当ヤバいことになってるのかな？」

「若いの、言うことには気をつけたほうがいい。自分からしゃべりたいなら、こっちは少しもかまわないけどな。だけど、今しゃべったことが法廷であんたに不利な証拠になることもあるから」

「確かに。忠告どうも」

次に停まったのはハリウッド地区にある葬儀屋のまえで、おれはその中に運び込まれた。コーラがいた。ひどいざまだった。女の看守に貸してもらったブラウスを着てたが、まるで干し草でも詰め込んだみたいに腹のところがふくれてた。スーツも靴も泥だらけで、おれが殴った眼のまわりがひどく腫《は》れてた。女の看守もいて、検死官がテーブルの奥にいて、その横に秘書みたいな男もいた。お巡りに警護されるような恰《かっ》好《こう》で、部屋の片側に六人ばかり男が立ってたが、みんなそろってすごく不機嫌そうな顔をしてた。そいつらが陪審員だ。人はほかにもいっぱいいて、そいつらがそもそもいるべきところにお巡りに押しやられてた。葬儀屋が爪先《つまさき》立ってちょこまか歩きまわって、時々、立ってる人のうしろから椅子《いす》をまえに押して人が坐《すわ》るのを手伝ってた。葬儀屋はコーラと女看守のために椅子をさらにふたつ持ってきた。部屋の隅の台の上に何かが置かれてて、シーツがかぶせられてた。

お巡りにされるがまま、おれも台に寝かせられた。検死官がこつこつと鉛筆でテーブルを叩《たた》いて、審問が始まった。最初は法的な身元確認で、シーツが持ち上げられると、コーラは泣きだした。見ていておれもいい気はしなかった。彼女が見て、おれが見て、陪審員が見たあと、またシーツがかぶせられた。

「この男性を知っていますか？」

「あたしの主人です」

「名前は？」

「ニック・パパダキス」

次は証人たちの登場だった。巡査部長がまず証言した。通報を受けると、救急車の手配をして、そのあとふたりの巡査を連れて現場に向かったこと、自分の運転してた車にコーラを乗せて警察署に連行したこと、おれとギリシア人を救急車に乗せたこと、その途中、ギリシア人は息を引き取ったんで死体置き場で降ろしたことを証言した。次はライトという名の田舎の男で、現場近くのカーヴを曲がったところで女の悲鳴が聞こえたこと、そのあとすさまじい音がして、ヘッドライトをつけたまま車が崖《がけ》を転がるように落ちていくのを見たことを話した。そいつは、コーラが道路に立って助けを求めて彼に手を振ってたんで、彼女とふたりで車のところまで崖を降りて、車の中からおれとギリシア人を引きずり出そうとしたんだけれど、車がひっくり返っておれたちの上に覆《おお》いかぶさるような恰好になってたんで、できなかったこと、そのため彼の車に乗ってた弟に助けを呼びにやらせたことも証言した。そのあと人がもっとやってきて、警官たちもやってきて、その警官たちが指示を出して、みんなでおれたちを車の中から引きずり出して救急車に乗せたことも証言した。ライトの弟も警察に助けを求めにいったこと以外はだいたい同じ話をした。

お次は警察医で、おれが酔っぱらってたこと、胃の中身の検査からギリシア人も酔っぱらってたことがわかったこと、コーラは素面だったことを証言した。そのあと、どこどこの骨が折れて、それがギリシア人の致命傷になったということも話した。そこで検死官がおれのほうを向いて、何か証言したいことはないかと訊《き》いてきた。

「あります、あると思います」

「ひとつ警告をしておくと、あなたがここで話したことはどんなこともあなたに不利な証拠となることがあります。また、ここでの証言はあなたが望まないかぎり強制されるものではありません」

「隠さなきゃならないことなんか何もありません」

「よろしい。この件に関してあなたはどういうことを知ってるんですか？」

「おれにわかるのは最初のうちおれはちゃんと走ってたってことだけです。そのあと、車が足の下で沈んだような気がしたと思ったら何かがぶつかってきました。病院で意識が回復するまでおれが覚えてるのはそれだけです」

「あなたはちゃんと走ってた?」

「はい、そうです」

「それはあなたが車を運転してたということですか?」

「はい。おれが運転してたんです」

これはあとから引っ込めることになるでたらめな話だ。ほんとうに重要なところまでいったらそこでこの話は引っ込める。この検死審問はまだ重要なところじゃない。最初はインチキな話をして、そのあとそいつを引っ込めて別な話をすれば、そのほうがよりもっともらしく聞こえる。最初からこっちに都合のいい話をすると、そのとおりにしか聞こえない。こっちに都合のいい話にしか。それがおれの目論見《もくろみ》だった。まえのときとはちがうやり方でいくことにしたんだ。今度は端《はな》からおれの立場が悪く見えるように。だけど、実際のところおれが運転してなければ、どれほどおれが悪く見えようと、どうということはない。警察にしてもおれにはどんな罪もおっかぶせられない。おれが避けたのは、このまえへマったみたいな完全犯罪にからんでくることだ。完全犯罪というのはほんのちょっとのことでもおじゃんになる。だけど、今回の場合、おれの立場がどれほど悪く見えようと、あれこれいろんなことが出てこようと、おれがこれ以上悪く見えることはない。酔っぱらってたということでおれの立場が不利になればなるほど、今度のこと全体はどんどん殺人っぽく見えなくなるという寸法だ。お巡《まわ》りたちは互いに顔を見合わせ、検死官はおれのことをいかれ頭とでも思ったみたいな顔でおれを見た。やつらもすでに聞いて知ってたのだ、おれが後部座席から引きずり出されたことを。

「それは確かですか？　あなたが運転していたというのは？」

「全然確かです」

「あなたは酒を飲んでなかった？」

「はい、飲んでなかったです」

「あなたに施された検査の結果は聞いてますよね？」

「検査のことなんかなんにも知らないけど、自分が飲んでなかったってことだけはわかってます」

検死官はコーラを見た。彼女は自分に言えることはなんでも話しますと応じた。

「誰が車を運転してたんですか？」

「あたしです」

「この男の人はどこに坐ってたんです？」

「後部座席です」

「彼は飲んでましたか？」

コーラはちょっと顔をそむけ、唾《つば》をごくりと飲んで気を静めた。そして、ちょっと泣いてから訊き返した。「答えなくちゃいけませんか？」

「答えたくなければどんな質問にも答える必要はありません」

「だったら答えたくないです」

「よろしい。何があったのか、あなたのことばで話してください」

「運転はあたしがしてました。長い坂道があって、車のエンジンが熱くなりました。それで車を停めてエンジンを冷ますよう主人に言われました」

「熱くなったというとどれぐらい？」

「水温計で九十度を超えるぐらい」

「続けて」

「だからくだり坂になると、エンジンを切りました。でも、くだりきってもまだエンジンは熱いままでした。だから、また走りだすまえに車を停めたんです。十分ぐらいそうしてました。それからまたエンジンをかけました。そのあとは何が起きたのか今でもわかりません。ギアをトップに入れたんだけれど、パワーが出なくて、すぐにセカンドに入れ直しました。男の人たちは何か言ってました。もしかしたら、そのときあたしはギアチェンジを急ぎすぎたのかもしれません。気づいたときにはもう車の片方ががくんと下がってました。あたしは飛び降りるよう男の人たちに言いました。でも、遅すぎました。車が何度もひっくり返るのがわかりました。それで次に気づいたときには車から出ようとしてて、なんとか車から這《は》い出ると、崖をのぼって道路に戻ったんです」

検死官はまたおれのほうを見て言った。「いったいあなたは何がしたいんです？この女性をかばおうとしたんですか？」

「彼女のほうは全然おれをかばってないけどね」

陪審が部屋を出ていって、また戻ってきて告げた——ニック・パパダキスの死はマリブ・レイク・ロードで起きた自動車事故によるものの、その事故はすべて、あるいは一部、フランク・チェンバースとコーラ・パパダキスの犯罪的な行為に起因するものであり、ふたりの身柄は大陪審が開かれるまで勾留《こうりゅう》するのが妥当である。それが評決だった。

その夜の病院ではまた別なお巡りがおれについて、そいつが翌朝、ミスター・サケットが会いにくるから用意しておいたほうがいいと言った。おれはまだほとんど自分では動けない状態だったが、病院付きの床屋がひげを剃《そ》ってくれて、できるかぎりおれの見栄《みば》えをよくしてくれた。サケットが誰かはおれも知ってた。地方検事だ。十時半頃、彼が現われて、お巡りは出ていき、病室にはおれとサケットだけになった。サケットは禿《は》げ頭の大男で、いかにも気さくな感じだった。

「これは、これは、これは。気分はどうだね？」

「いいですよ、判事《ジャッジ》さん。ちょっとばかりまいってはいるけど。でも、すぐよくなります」

「飛行機から落ちた男の言い種《ぐさ》じゃないが、いい旅だったけど、ちょっとばかり降り方がきつかったってところかな」

「それです、それ」

「さて、チェンバース、話したくなけりゃ、話さなくてもいい。私が来たのは、ひとつにはきみの様子を見るためだ。が、もうひとつ、私の経験から言って、率直な話し合いをさきにしておけば、あとになってそれが大いにことばの節約になるからだ。まあ、加えて、被告の適切な訴えによって事件解決への道が切り拓《ひら》かれることもある。

そういうことはともかくとして、よく言うだろ、試合が終わりゃノーサイドって」

「ですよね、判事さん。で、何が知りたいんです？」

おれはわざと世故に長《た》けたふうに聞こえるように言った。彼は坐ってじっとおれを見ながら言った。「だったら最初から始めようか」

「旅の最初から？」

「そうだ。何もかも聞いておきたい」

そう言って彼は立ち上がり、歩きまわりはじめた。部屋のドアはおれのベッドのすぐそばにあったんで、ぐいと引いて開けてみた。さっきまでいたお巡りは廊下を半分ほど行ったところで看護婦と駄弁《だべ》ってた。サケットは笑いだして言った。「いや、いや、録音機などどこにもないよ。だいたいそういうものは普通使わない。あれは映画の中だけの話だ」

おれはおずおずとした照れ笑いが顔に浮かぶのを隠さなかった。これでおれの思いどおりだ。愚かなことを考えて愚かなことをしかけるのがおれで、彼のほうはおれの一枚上をいってる。そう思わせるんだ。「わかりました、判事さん。今のは、ほんと、馬鹿《ばか》なことしちまいましたよね。いいですよ、最初から始めます。全部話します。おれは今ヤバいことになってる。それってしょうがないですよね。だからって、嘘《うそ》をついたからっていいことは何もない」

「それこそ望ましい態度というものだ、チェンバース」

おれはギリシア人から逃げ出したところから始めた。それがある日、ばったりやつに出会い、やつがおれに戻ってきてほしがったこと、話し合いをするのに彼らと一緒にサンタ・バーバラへの旅についてきてくれと頼まれたことも話した。やつとワインをしこたま飲んだこと、おれの運転で出発したことも話した。サケットはそこでおれのことばをさえぎった。

「きみの運転で出発した？」

「判事さん、それはあなたが言ってくれませんかね」

「それはどういう意味だ、チェンバース？」

「おれも審問で彼女の言ったことは聞いてるってことですよ。お巡りさんたちが言ってたこともね。自分がどこで見つけられたのか。それも知ってるってことです。だから、誰が運転してたのかはおれにだってわかってる。そう、それはそのとおりです。彼女が運転してたのはね。だけど、自分の覚えてるとおりに言うと、やっぱおれが運転してたとしか言えないんです。だから、おれは検死官に嘘なんかついちゃいないんです、判事さん。今だって自分が運転してたって、自分じゃそう思ってるんだから」

「酔っぱらってたことについて言えば、きみは嘘をついた」

「そのとおりです。おれはしこたま酔ってて、その上、麻酔のエーテルを嗅《か》がされたり、鎮痛薬を飲まされたりした。で、嘘をついた。それはそのとおりです。でも、今はちゃんとしてる。何が自分を助けてくれるか、真実こそおれを救ってくれる唯一《ゆいいつ》のものだって、それがわかる分別だって今は持ってる。確かにおれは酔ってました。へべれけになってた。だから、そのことをみんなにわからせちゃいけないってことしか考えられなかったんですよ。だって、実際運転してたのはおれなんだから。なのに、酔っぱらってたってわかっちまったら、もうおれはおしまいですからね」

「大陪審では今言ったことを言うつもりかね？」

「言わないわけにはいかないでしょうが、判事さん。だけど、どうしてもおれがわからないのは、なんで彼女が運転してたかってことです。おれが運転して出発したんです。それはちゃんと覚えてる。男が立っておれのことを見て笑ってたのも覚えてる。なのに車がひっくり返ったときにはなんで彼女が運転してたのか」

「きみはほぼ二フィート運転しただけだったんだよ」

「それって二マイルのことですよね」

「いや、二フィートだ。そのあと彼女が運転を替わったのさ」

「いやいや。ということは、おれ、相当酔ってたんですね」

「まあ、今のきみの話は陪審がいかにも信じそうな話だな。今のきみの話には、たいていの場合真実と言える、どこかしらいかれたところがあるからね。そう、陪審はまずまちがいなく信じるだろう」

サケットは坐《すわ》ったまま自分の爪《つめ》を見てた。おれのほうは思わずほくそ笑みたくなるのを必死にこらえるのが一苦労だった。だから、彼がまた質問を始めてくれたのがかえって嬉《うれ》しかった。彼を騙《だま》すのがいかに簡単だったかということ以外のことに心を向けることができて。

「いつからパパダキスのところで働きはじめたんだ、チェンバース？」

「冬からです」

「どれぐらい働いてたんだ？」

「ひと月ほどまえまで。いや、六週間ぐらいまえかな」

「ということは、半年ほど働いてたわけだ」

「そうですね」

「そのまえは何をしてた？」

「あちこちほっつきまわってました」

「ヒッチハイクしたり？　貨物列車にただ乗りしたり？　食いものをおごってくれるやつがいたらどこでもたかったり？」

「そうですね」

彼はブリーフケースの革ひもをはずすと、中から書類を取り出してテーブルに置いて、読みはじめた。「サンフランシスコにもいたのか？」

「そこで生まれたんです」

「カンザスシティ？　ニューヨーク？　ニューオーリンズ？　シカゴ？」

「全部行きました」

「で、留置場に入れられた？」

「そうです、判事さん。あちこちぶらぶらしてると、たまにはお巡りさんと面倒なことになったりするもんです。そうです、判事さん、留置場に入れられたことは確かにあります」

「トゥーソンでも？」

「はい。確か十日ばかり。鉄道の構内に無断で立ち入ったってことで」

「ソルトレークシティ？　サンディエゴ？　ウィチタでも？」

「はい。全部行きました」

「オークランドでも？」

「あそこじゃ三ヵ月入れられましたね、判事さん。鉄道探偵と喧嘩《けんか》しちまって」

「その鉄道公安官をかなりひどく痛めつけたみたいだが？」

「でも、まあ、よく言いますよね、ひとりがこっぴどくやられてたら、もうひとりのほうも見るもんだって。おれだってそりゃもうひどくぶっ叩《たた》かれたんだから」

「ロスアンジェルスでも？」

「一度。でも、あそこじゃたったの三日でした」

「それじゃ、チェンバース、いったいどういうわけでパパダキスのところで働くようになったんだ？」

「偶然ですね。おれは文無しで、あの人は手伝いを探してた。何か食おうとあの店にたまたまはいったら、あの人が仕事の申し出をしてきた。で、おれはそれを受けた」

「チェンバース、今の話はきみ自身、変だと思わないか？」

「おっしゃる意味がよくわかりませんが、判事さん」

「何年もあちこちをほっつき歩いて、仕事もせず、何かしようとさえしなかったのに、私の見るところ、きみはいきなり身を落ち着けようとしたわけだ。定職に就いて働こうと思ったわけだ」

「好きでそうしたわけじゃない。正直に言えばね」

「しかし、けっこう長続きした」

「それはニックというのが、おれの知ってる人間の中でもすごくいいやつだったからです。それでも、稼ぎがちょっとまとまった額になったところで、おれは言いかけたんです、もうやめるって。でも、言うだけの度胸がなかった。彼はそれまで手伝いの人間とはトラブル続きだったもんで。そうしたらちょっとした事故が起きて彼が入院した。で、おれはずらかったんです。ただずらかったんです。それだけです。そりゃおれだって彼にはもっとよくしなきゃいけなかったって思いますよ。でも、おれの足は〝さまよい足〟でね、判事さん。だから、そういう足に行けって言われたら、おれとしちゃもう一緒に行かないわけにはいかなくなる。それでこっそり逃げ出したんです」

「そのあと、きみがまた戻ってきた翌日に彼は死んだ」

「なんかそう言われると、すごく悪い気がしますよ、判事さん。だって、陪審には別の話をしちまったけど、判事さんにはほんとのことを言うと、あれはおれがいけなかったんです。そう思ってます。おれがいなきゃ、おれがあの日の午後、彼に酒を勧めたりしなきゃ、彼はまだ生きてたかもしれないんだから。いや、誤解しないでくださいね。そんなことは全然関係ないのかもしれない。なんとも言えないことだけど。おれは酔っぱらってて、何があったのかもわかっちゃいないんだから。それでもおんなじことです。あの車に酔っぱらいがふたりも乗ってなきゃ、彼女だってちゃんと運転できてたかもしれないんだから。でしょ？　まあ、それはともかく、今言ったことが今おれが感じてることです」

おれはおれの話をどんなふうに受け取ったか確かめようと、サケットを見やった。彼はおれを見てさえいなかった。弾《はじ》かれたようにいきなり立ち上がると、ベッドのところまでやってきておれの肩をつかんだ。「さっさと吐けよ、チェンバース。なんでおまえは半年もパパダキスのところにへばりついてたんだ？」

「判事さん、なんのことかおれにはさっぱり――」

「いや、おまえはちゃんとわかってる。なぜなら、チェンバース、私も彼女を見ているからだ。おまえがへばりついた理由が私には想像できるからだ。昨日、彼女は私のオフィスに来た。眼のまわりには黒い痣《あざ》ができていて、とことん痛めつけられたふうだった。それでも充分いかしてた。ああいう代物《しろもの》のためなら、これまでにも何人もの男が旅に別れを告げてきたことだろうよ、さまよい足であろうとなかろうと」

「でも、結局、おれはさまよったじゃないですか、判事さん。そこはちがうでしょうが」

「長くはさまよわなかった。それはあの女がよすぎたからだ、チェンバース。いずれにしろ、昨日まであの自動車事故は明々白々たる過失致死だった。それが今日は蒸発して、影も形もなくなってしまった。私が触れるとどこからでも証人が現われて、何か言う。なのに、そいつらの言うことを全部まとめてもどんな事件性も出てこない。なあ、チェンバース、おまえとあの女でギリシアおやじを殺したんだろ？　早くゲロすればしただけ、おまえにとっては有利になるんだぞ」

正直に言うが、そのときにはほくそ笑むどころじゃなかった。むしろ唇が麻痺《まひ》したみたいになって、しゃべろうとしても口から何もことばが出てこなかった。

「おい、何か言ったらどうだ？」

「判事さん、あんたはおれを攻撃してる。なんかひどいことでおれを責めてる。言うことなんて何も思いつきませんよ」

「ちょっとまえまでよくしゃべってたじゃないか。真実だけが自分を救い出すとかなんとか、そんな話を私にしていたときには。なんで今はしゃべれない？」

「あんたにすっかり混乱させられちまったからですよ」

「よかろう。それじゃ、一度にひとつずつ片づけていこう。おまえが混乱しないようになな。まず最初におまえはあの女と寝ていた、だろ？」

「まさか」

「パパダキスが入院していたときはどうだ？　そのときにはおまえはどこで寝ていた？」

「おれの部屋でですよ」

「彼女も彼女の部屋で寝てた？　おい、おい、おい、言っておくが、私も彼女を見てるんだぞ。私だって彼女の部屋にいただろうよ。たとえドアを蹴破《けやぶ》らねばならず、強《ごう》姦《かん》罪で縛り首になってもな。おまえだってそうするだろう？　だからおまえはそうしたんだよ」

「そんなこと考えもしなかった」

「だったら、グレンデールの〈ハッセルマンズ・マーケット〉にあの女とふたりでよく行った件についてはどうだ？　帰り道、おまえは彼女に何をした？」

「市場に行ったのはニックに言われたからだ」

「私は誰に市場に行けと言われたのかなどと訊《き》いちゃいないよ。おまえは何をしたのかと訊いたんだ」

おれはサケットの猛攻撃にノックダウン寸前になってた。今すぐなんとかしなければ。思いついたのはただ怒ってみせることだけだった。「いいでしょう、おれたちは寝てたことにしましょう。寝てないけど、それでも、あんたがそう言うなら、とりあえずそういうことにしておきましょう。でも、だったら——そんなに簡単にあの女とやれてたのなら、なんで旦那《だんな》を消さなきゃならないんです？　冗談じゃないよ、判事さん。おれが手にしてたってあんたが言うものを手に入れるためなら、人殺しだってやりかねない男の話はおれも聞いたことがあるよ。だけど、もうすでに手にしちゃってるもののために人殺しをする男の話なんか、とんと聞いたことがないね」

「聞いたことがない？　だったら、おまえはなんのためにギリシアおやじを消そうとしたか私が教えてやろう。まずひとつ、あの店とあの土地のためだ。あそこを手に入れるのにパパダキスは即金で一万四千ドル払ってる。あとひとつは可愛《かわい》いクリスマス・プレゼントのためだ。海というのはどんなものなのか眺めながら、ボートに乗って逃げるときに一緒に持っていくもののためだ。パパダキスがかけてたいかした一万ドルの傷害保険。それだよ」

彼の顔はまだ見えてた。だけど、そのまわりが暗くなった。ベッドの上で気を失ったりしないようおれは必死に耐えた。それでも、次に気づいたときには水を注いだグラスを唇にあてられてた。彼は言った。「飲むといい。飲めば気分もよくなるだろう」

おれは少し飲んだ。飲まないわけにはいかなかった。

「チェンバース、おまえもこの殺人のあとはしばらくおとなしくしてるとは思うが、今度もまたやるつもりなら、金輪際、保険会社とだけは関わらないようにすることだ。ひとつの事件の調査に、やつらは金も人も時間もロスアンジェルス郡が私に与えてくれる五倍は注ぎ込む。探偵も私に雇える輩《やから》の五倍は優秀な連中を抱えている。やつらは自分たちの仕事をAからZまで心得ている。おまえはそんなやつらに眼をつけられたのさ。なぜなら、彼らにとっておまえは金を意味するからだ。そこだよ、おまえとあの女が大きな過《あやま》ちを犯したのは」

「判事さん、嘘《うそ》を言ってるならキリストに殺されたっていい。そんな生命保険のことなんか聞くのは初めてだ。今の今まで聞いたことがない」

「おまえ、シーツみたいに顔が白くなってるぞ」

「おれの立場なら、あんただってそうなるんじゃないのかい?」

「だったら、最初から私の側に立ったらどうだ? 何もかも白状して、早いところ有罪を認めるなら、私としても裁判でおまえのためにできるかぎりのことをしてやるよ。おまえにもあの女にもこっちから情状酌量を申し出てやろう」

「そんな話には乗れないね」

「おまえがついさっきまで言ってたことはどうなった？　真実がどうのとか、陪審にはほんとうのことをしゃべらなきゃいけないとか、それはどうなった？　それが今は嘘で言い逃れられると思ってるのか？　そんなことで私がおまえの側に立つとでも思ってるのか？」

「あんたが誰の側に立つかなんておれは知らないよ。どっちの側だろうと、そんなことはくそ食らえだ。あんたはあんたの側に立てばいい。おれはおれの側に立つだけのことだ。おれはやってない。おれが立つのはそういう側だ。それだけだ。わかったかい？」

「言ってくれるもんだ。私を相手にタフぶろうってか、ええ？　まあ、よかろう、おまえにもほんとうはもうわかってるんだからな。実際のところ、陪審がどんな話を聞くことになるか、それはいずれおまえにもわかることだが、まずおまえはあの女と寝ていた、そうだろ？　そんなときにパパダキスがちょいとした事故にあった。おまえとあの女はそれはもう甘い時間を過ごしたんだろうよ。夜は同じベッドにはいり、昼はビーチに出かけ、そのあいだには手をつなぎ、互いに見つめ合ってた。そうこうするうち、パパダキスが事故にあったことで、おまえらはふたりですばらしいアイデアを思いついた。ギリシアおやじに生命保険をかけさせて、しかるのち殺す。で、おまえは彼のところを飛び出し、あの女に準備をする時間を与えた。あの女はその仕事をちゃんとこなして、すぐにギリシアおやじを言いくるめた。ギリシアおやじは保険にはいった。実によくできた保険だ。事故も健康も何やかやすべてカヴァーする保険で、掛け金は四十六ドル七十二セント。それで準備が整った。その二日後、フランク・チェンバースはわざとばったりニック・パパダキスと通りで出くわした。ニックはチェンバースに戻ってもらい、仕事を手伝わせようとする。で、チェンバースが戻ると、なんと驚いたことに、ニックと女房はすでにサンタ・バーバラ行きを決めていた。ホテルの予約やなんやかやも全部すませていた。もちろん、それには裏も表もない。フランク・チェンバースとしても昔のよしみで一緒に行かないわけにはいかない。おまえはそうして同行し、ギリシアおやじをちょいと酔っぱらわせ、おまえ自身も酔っぱらった。さらに車にもワインを何本か持ち込んだ。警察をわざと怒らせるためにならなかった。あの女にマリブ・ビーチ見物をさせるには、マリブ・レイク・ロードを行かなきゃならなかった。なんとも大した思いつきだよ。家のまえに海がある家並みを見るために夜中の十一時にわざわざ出かけるなどというのは。だけど、そこには行き着けなかった。おまえたちは途中で車を停めた。そして、そこでおまえはギリシアおやじの頭をワインのボトルでぶっ叩いた。人の頭をぶっ叩くには見事な代物だよな、チェンバース。でもって、それはおまえが誰よりよく知ってる代物だった。なぜってオークランドでおまえが鉄道公安官の頭をぶっ叩いたのもワインのボトルだったからだ。おまえがパパダキスをぶっ叩き、あの女が車のエンジンをかけた。そのあと、あの女が車の中から出て外のステップに移るあいだ、おまえはうしろから手を伸ばしてハンドルを握り、ハンドスロットルで車を走らせた。ギアはセカンドにはいっていたから、そんなにガソリンは要らなかった。ステップに立つと、今度は女が外からハンドルを握り、ハンドスロットルを操作した。お次はおまえが車から降りる番だった。ところが、おまえはいささか酔っていた、ちがうか？　だから動きが遅すぎた。一方、あの女のほうは車を崖《がけ》から落とすのがちょいと早すぎた。だからあの女には車から飛び降りることができて、おまえにはできなかった。そんな話は陪審は信じない。おまえはそう思ってるんじゃないか？　ところが、信じるんだな。なぜなら、私が何ひとつ残らず立証してみせるからだ。わざわざマリブ・ビーチに向かったことからハンドスロットルのことまで。その私の立証が終わったときには、若いの、おまえにはもう情状酌量の余地はいっさいなくなっている。あとはもうおまえの首が一方の端に吊《つ》るされたロープの話にしかならない。ロープが切られて降ろされたら、おまえはもう埋められるだけだ。首の骨を折らずにすむチャンスがありながら、あまりに頭が悪すぎて取引きできなかったやつらと一緒に」

「あんたが言ったようなことは何ひとつ起きてない。おれが知ってるかぎり何ひとつ」

「何が言いたい？　全部あの女がやったことだとでも？」

「誰かがやったなんておれはひとことも言ってない。もう放っといてくれ！　あんたが今言ったことは実際にあったことじゃない！」

「なんでおまえにそれがわかる？　おまえはへべれけに酔ってたんじゃないのか」

「おれの知るかぎりではってことだ」

「だったら、やっぱりあの女がやったってことになるんじゃないのか？」

「そんなことは誰も言ってないだろうが。おれは自分にわかってることしか言わない。それだけだ」

「いいか、チェンバース。車には三人が乗ってた。おまえとあの女とギリシアおやじだ。まあ、ギリシアおやじがやらなかったのは明らかだ。その上、おまえがやらなかったとなると、あとはもうあの女しか残らない、ちがうか？」

「そもそも誰かが何かやったなんて誰が言ってるんだ？」

「私だ。そろそろ行き先が見えてきたな、チェンバース。どうやらおまえはやってないみたいだからな。でもって、おまえは真実を話していると言う。たぶんそうなんだろう。しかし、おまえが真実を話していて、あの女には友達の女房としての関心しかなかったというのなら、おまえだって何かしなきゃならない。ちがうか？　あの女を告訴する書類にサインするとかな」

「告訴するってどういうことだ？」

「あの女はギリシアおやじを殺そうとしていた。そういうことならあの女はおまえも殺そうとしていたんじゃないのか。だとしたら、おまえとしてもそれを放っておくわけにはいくまい。放っておいたら、そのことを奇妙に思うやつが出てこないともかぎらないからな。そうとも。やられたままになるなんて、こいつはどこまでおめでたいやつなんだというわけだ。あの女は保険金めあてに亭主を始末し、ついでにおまえも始末しようとした。となれば、おまえだって何かしなきゃならないだろうが。ちがうか？」

「かもしれない、もしほんとに彼女がそんなことをしたのなら。だけど、おれには彼女がやったかどうかなんてわからない」

「だったら、そのことを私が立証しよう。そうすれば、おまえだって告訴状にサインせざるをえなくなるはずだ。だろう？」

「それはそうだけど。あんたに立証できるのなら」

「よし、だったら立証してやろう。車が停まったとき、おまえは車から降りた。だよな？」

「いや」

「なんだって？　おまえはへべれけに酔っていて何も覚えてないんだと思っていたが。何かを覚えていたのはこれで二度目だな。いやはや、おまえには驚かされるよ」

「覚えてるかぎり、降りなかったということだ」

「ところが、おまえは降りてるんだよ。この男の供述を聞くといい。〝その車が特別気になったわけじゃありませんが、女が運転してたのはわかりました。車の中ではひとりの男が笑ってて、もうひとりが車のうしろでゲーゲーやってました〟。おまえは少しのあいだ車の外に出て吐いてたんだよ。あの女はその隙《すき》にパパダキスをワインのボトルでぶっ叩《たた》いたのさ。おまえは車に戻っても何も気づかなかった。なぜなら、おまえはへべれけで、パパダキスはどっちみち意識をなくしていたからだ。だから、なんにも気づかなくてむしろ当然だった。そのあとおまえは後部座席で酔っぱらって意識をなくした。そのときを待ってあの女はギアをセカンドに入れ、ハンドスロットルを操作してガソリンをエンジンに送り込み、車の中から外のステップに移るなり、車を崖から落としたんだ」

「そんなのは証明にもなんにもなってない」

「いや、立派になってる。証人のライトがこう言っているからだ。カーヴを曲ったところで、車が崖を転げ落ちているところが見えたわけだが、そのときにはあの女はもう道路に上がって、助けを求めて手を振っていたとね」

「だったら、彼女は車から飛び降りたんだよ」

「飛び降りたのなら、あの女がハンドバッグを持っていたというのはなんとも妙じゃないか、だろう？ チェンバース、ハンドバッグを手に持ったまま車の運転ができる女なんているか？ 車から慌《あわ》てて飛び降りるときにハンドバッグを取り上げてる暇なんてあるか？ チェンバース、そんなのはありえないことだ。崖を転がるセダンから飛び降りるなんてどだい不可能なことだ。それはとりもなおさず、車が転落したときには彼女は車に乗っていなかったということだ！ これで立派な立証になってるだろう？」

「どうだか」

「〝どうだか〟とはどういうことだ？ 告訴状にサインするのかしないのか？」

「しない」

「いいか、チェンバース、車が転落したのが少しばかり早すぎたのは事故でもなんでもない。おまえかあの女がやったんだ。あの女にそのつもりがなかったのなら、やったのはおまえってことになる」

「もう放っといてくれ。あんたが何を言ってるのかもおれにはわからない」

「若いの、それでもおまえかあの女なんだよ。だから、今度のことにおまえはなんの関わりもないのなら、これにサインすることだ。サインしなきゃ、まずこの私が真実を知ることになって、次に陪審が知ることになる。判事が知ることになる。最後に絞《こう》首台《しゅだい》の足場の板を引っぱる男が知ることになる」

サケットはしばらくおれをじっと見てから出ていった。そして、別な男を連れてまた戻ってきた。その男は椅子《いす》に坐《すわ》ると、用紙と万年筆を取り出した。サケットがそれをおれのところに持ってきて言った。「ここだ、チェンバース」

おれはサインした。手が汗まみれになってた。それはもう男が書類に吸い取り紙を押しあてなきゃならないほどだった。

10

サケットが出ていくと、お巡《まわ》りが戻ってきて、ブラックジャックでもやらないかとそれとなく誘ってきた。おれたちは何ゲームかプレーした。だけど、おれはまるでゲームに集中できなかった。片手でプレーするのは神経に触るとか言いわけをしてやめた。

「かなり絞られたんだ、だろ？」

「ああ、ちっとばかし」

「手強《てごわ》い人だよ、あの人は。相手が誰でも落としちまう。まるで牧師みたいな、人類愛があふれ出てるみたいな顔をしてても、あの人は石のハートの持ち主だよ」

「石というのは当たってる」

「あの人に太刀打ちできるのはこの市《まち》にただひとりしかいない」

「ふうん」

「キャッツという男だ。あんたも名前ぐらい聞いたことがあるだろう」

「ああ、聞いたことはある」

「おれの友達なんだ」

「持つべき友ってやつだな」

「なあ、あんたにはまだ弁護士がついてないよね。あんたはまだ罪状認否を問われてないから、誰か弁護士を呼んだりはできない。いわゆる勾留《インコミユニカド》ってやつで、あんたは四十八時間外部と連絡を取ることができない。だけど、弁護士のほうからやってきたら、おれはその人をあんたに会わせなきゃならない。わかるかい？　要するに、おれがたまたま彼と話すことができたら、彼はここにやってくるかもしれないってことだ」

「それであんたにはいくらかはいるってわけだ」

「おれはキャッツが友達だって言ってるだけだよ。まあ、おれに一セントも寄越さなけりゃ、あいつは友達でもなんでもなくなるだろうがな。ちがうかい？　いずれにしろ、あいつはすごいやつだよ。サケットにヘッドロックがかけられるのはこの市《まち》じゃあいつだけだね」

「乗ったよ、その話。善は急げだ」

「すぐ戻る」

お巡りはしばらくいなくなって、また戻ってくると、片眼をつぶってみせた。そのあとすぐドアがノックされ、お巡りが言ったとおりキャッツがはいってきた。小柄な男で、歳《とし》は四十前後、なめし皮みたいな肌をしてて、黒い口ひげを生やしてた。部屋にはいってきてまず最初にしたのが、煙草《たばこ》の〈ブル・ダーラム〉の袋と茶色の紙を取り出して、自分に一本巻くことだった。その紙巻き煙草に火をつけて、それが端から半分ほど燃えると、そのあと煙草については何もしなかった。煙草はただそこにあるだけだった。彼の口の端から突き出てるだけだった。火がついてるのかどうかもわからなかった。彼が眠ってるのか起きてるのかも。ただそこに坐ってた。帽子をうしろにやって眼を半分閉じ、片脚を椅子の肘《ひじ》掛《か》けにのせてぶらぶらさせてた。ただそれだけだった。おれのような立場にいる者にしてみれば、なんとも心細い光景と思われてもおかしくない。ところが、実際にはちがった。ほんとに眠ってたのかもしれないが、たとえ眠ってても、起きてるたいていのやつらよりなんでもよくわかってるように見えた。何かの塊が咽喉元《のどもと》に込み上げてきた。きれいな花馬車が低く揺れながらやってきて、おれを拾ってくれようとしてる。そんな感じがした。

お巡りはキャッツが煙草を巻くのをじっと見てた。まるでそれが曲芸師のカドーナの三回転とんぼ返りでもあるかのように。部屋にいたかったようだが、ずっといるわけにはいかなかった。お巡りが出ていくと、キャッツは身振りでおれに話すように示した。おれは事故の様子を話した。そのあと、サケットがおれとコーラは保険金めあてにパパダキスを殺したと言ってること、彼女がおれも殺そうとしたとする告訴状にサインさせられてしまったことも話した。キャッツはおれの話を黙って聞いてて、おれが話しおえてもしばらく何も言わず、ただ坐ってたが、いきなり立ち上がると言った。

「やつにうまくしてやられたね」

「おれはサインなんかすべきじゃなかった。だって、おれは彼女がそんなことをしたなんてまるっきり思ってないんだから。なのに書かされちまった。今おれはどういうことになってるのか、まるでわからない」

「まあ、いずれにしろ、きみはサインすべきじゃなかった」

「ミスター・キャッツ、ひとつ頼まれてくれませんか？　彼女に会って、彼女に言ってほしいんだ――」

「コーラ・パパダキスには会うよ。会って、彼女が知っておくといいことを伝えよう。私がこの件を引き受けたということは、それはつまり今後は私のやり方でやるということだ。それでいいかな？」

「いいです、弁護士さん。それでいいです」

「きみの罪状認否にも立ち合おう。それができなければ、私が選んだ誰かを同席させるようにする。サケットが彼女に対する告訴状をきみから引き出した以上、きみたちふたりの弁護人として出廷することはできないが、私が対処することに変わりはない。繰り返すが、私が対処するということは私のやり方でやるということだ」

「なんでもやってください、ミスター・キャッツ」

「それじゃ、またあとで」


その夜、おれはまた担架にのせられて、罪状認否の法廷に運び込まれた。それは治安判事の法廷で、通常のやつじゃなかった。陪審席もなくて証人台もなくて、その手のものは何もない法廷だった。治安判事が壇上にいて、その両脇《りょうわき》を何人かの警官が固めてて、判事のまえには法廷の端から端まである長い机が置かれてて、誰でも何か言うことがある者はその机に顎《あご》をのせて発言するようになってた。人は大勢いて、おれが運び込まれると、カメラマンが何人かフラッシュを焚《た》いた。法廷のざわめきから、何か大きなことが進行してるのはすぐにわかった。担架に寝かせられてるので、見えるものはかぎられてたが、コーラの姿がちらっと見えた。まえの長椅子にキャッツと一緒に坐ってた。サケットは一方の側でブリーフケースを持った男たちと話をしてた。検死審問のときにいたお巡りと証人も何人かもう来てた。おれは長い机のまえに――くっつけ合ったふたつのテーブルの上に――置かれた。毛布はかけてくれたが、どこかの中国女の件を終わらせたときより丁重な扱いというわけでもなかった。警官が槌《つち》を叩いて静粛を求めた。そのあいだに若い男がおれの上に身を屈《かが》めてホワイトと名乗って、キャッツにおれの弁護をするように頼まれた者だと言った。おれは黙ってうなずいた。それでも、そいつはミスター・キャッツに言われて来たとしつこく言うもんだから、槌を持った警官が頭にきたみたいで、より強く槌を叩いた。

「コーラ・パパダキス」

コーラが立ち上がって、キャッツが彼女を机のまえまで連れていった。通り過ぎるとき、ほとんどおれに触れそうになった。彼女のにおいがした。おれをいつも狂わせてきたあの同じにおいだ。そんなにおいをこんなところで嗅《か》いじまうとはすごく奇妙なことだった。彼女自身は昨日よりよく見えた。ちゃんと体に合ったブラウスを着てた。スーツも洗濯してあってアイロンもあててあった。靴もきれいに磨かれてた。眼のまわりはまだ黒ずんでたが、もう腫《は》れてはいなかった。ほかの連中も彼女と一緒にまえに行って、列をつくった。それを待って、警官がみんなに右手を上げるように言った。さらに、真実、すべての真実、真実のみがどうのこうのともごもご言った。警官はその途中でことばを切ると、おれを見下ろして、おれも右手を上げてるかどうか確かめた。おれは上げてなかったんで、すぐに手を突き出した。警官はまたもごもごと続けて、おれたちも全員もごもごと返した。

治安判事が眼鏡を取ってコーラに言った——彼女はニック・パパダキスの殺害容疑、および殺意をともなうフランク・チェンバースへの暴行容疑で起訴されてること、本人が希望すればこの場で陳述できること、しかし、その陳述は公判で本人に不利な証拠となる場合もあること、彼女には弁護人を代理に立てる権利があること、訴えに対する申し立ての期間が八日間あって、その期間内ならいつでも裁判所に申し立てできることを伝えた。これぞ長広舌というやつで、判事が最後まで話しおえるまでに何人かが空咳《からせき》をした。

そのあとサケットが始めた。これから自分が何を立証しようとしてるのか説明した。その日の朝、彼がおれに話したのと同じ内容だった。ただ、ここではやたらとしかつめらしく聞こえるように話してたが。説明が終わると、証人を呼びはじめた。最初は救急車に乗ってた医者だった。そいつはニック・パパダキスがいつどこで死んだか証言した。次は検死解剖をした警察医で、さらに検死官の秘書が出てきて、検死審問の議事録にまちがいがないことを証言した。ふたりはその議事録を治安判事に提出して出ていった。さらに男がふたりほど証言したが、その内容までは覚えてない。みんなが証言をすませて、それほど大勢のやつらで証明したのが、ただギリシア人は死んだということだけで、そんなことはわざわざ言われるまでもなかったことだから、おれは大して注意を払ってなかった。キャッツはどの証人にも何も訊《き》かなかった。治安判事が彼のほうを見るたび、不要とばかりに手を振った。それを合図に証人は脇に退《の》いた。

満足がいくまでギリシア人を死なせると、そこからサケットは本気になった。意味のあることを法廷に持ち込みはじめた。まず男をひとり呼んだ。そいつは〈パシフィック・ステーツ損害保険〉の代理人であるという身分を明かして、ニック・パパダキスは事件のつい五日前に保険の契約を結んでると証言した。そのあとその保険の内容について説明した。病気になると五十二週にわたって毎週二十五ドル受け取れて、それは事故で仕事ができなくなるほどの怪我《けが》をしたときも同様で、四肢のひとつをなくした場合には五千ドル、ふたつなくした場合には一万ドル、事故で死亡した場合には未亡人が一万ドル、その事故が鉄道による事故の場合には、二万ドル受け取れた。そいつがそこまで話すと、なんだか保険の勧誘みたいに聞こえはじめたんで、治安判事が手を上げて言った。

「私はもう必要な保険にはみんなはいってるから」

判事のこのジョークにはみんなが笑った。おれさえ笑った。実際、びっくりするぐらい可笑《おか》しく聞こえたんだ。

サケットがさらにいくつか訊くと、判事はキャッツのほうを向いた。キャッツはしばらく考えてから、証人に話しかけた。すごくゆっくりした口調だった。ひとことひとことをどこまでもきっちり伝えようとしてるみたいな。

「あなたはこの審理に利害のある方ですよね？」

「ある意味ではそうですね、ミスター・キャッツ」

「なんらかの犯罪行為がおこなわれたという観点から、あなたはできれば保険金の支払いを免れることを望んでいる。そうですね？」

「まあ、そうです」

「しかし、あなたはほんとうに犯罪がおこなわれたと思ってるんですか？　この女性が夫の保険金を受け取るために夫を殺したと、さらにこの男性も殺そうとしたと、死に至るかもしれない危険に故意にさらしたと、それもこれもすべては保険を受け取るためだったと、ほんとうに思ってるんですか？」

儀礼的な挨拶《あいさつ》でも返すように笑みみたいなものを浮かべて、ちょっと考えてから、そいつのほうもまたひとことひとことをきっちり伝わるように言った。「今の質問に答えるまえに、ミスター・キャッツ、私はこの手のケースをこれまで何千件と扱っていることをまず申し上げておきます。保険金詐欺《さぎ》というのは毎日私の机に何件も届けられるのです。だから、そういう調査について私には尋常ならざる経験があると自負しています。そんな私に言えるのは、この保険会社の保険にしろ、ほかの保険会社の保険にしろ、私がこれまで何年も携わってきた中でもこれほど明らかな案件はないということです。ミスター・キャッツ、私は犯罪がおこなわれたと思うんじゃない。実際的見地から言って、わかるんです」

「弁護側の尋問は以上です、裁判長。一件の容疑に関して、被告人の有罪を認めます」

たとえキャッツが法廷に爆弾を落としたとしても、これほど一気に掻《か》き乱すことはできなかっただろう。新聞記者は部屋から飛んで出ていき、カメラマンは写真を撮ろうと机のところに殺到した。彼らは押し合いへしあいしていて、それに苛立《いらだ》った判事が槌を叩《たた》いて、静粛を求めた。サケットはまるで銃で撃たれたみたいな顔をしてた。部屋全体がワーンワーンと鳴り響いてた。誰かにいきなり貝殻を耳に押しつけられたみたいに。おれはコーラの顔を見ようとした。だけど、見えたのは彼女の口元だけだった。引き攣《つ》ってた。まるで誰かに針をほぼ一秒おきに突き刺されてるみたいだった。

次に覚えてるのは、男たちに担架にのせられ、若い男、ホワイトのあとについて法廷を出たことだった。男たちは二本ばかり廊下を端から端まで急ぎ足で進んで、ある部屋におれを運び込んだ。その部屋には三人か四人のお巡《まわ》りがいた。ホワイトがキャッツの名前を出して何か言うと、お巡りは全員部屋から出ていった。担架係の男たちもおれを机の上に寝かせると、出ていった。ホワイトが部屋の中を歩きまわってると、ほどなくドアが開いて、女の看守がコーラを連れてはいってきた。ホワイトも女の看守もすぐに出ていって、ドアが閉められて、おれたちふたりだけになった。おれは何か言うことを考えた。何も思い浮かばなかった。コーラのほうは部屋を歩きまわって、おれを見ようとしなかった。口元がまだぴくぴくと痙攣《けいれん》してた。おれは気を静めようと何度も唾《つば》を呑《の》み込んで、やっと言うことを思いついた。

「おれたち、ペテンにかけられちまったな、コーラ」

彼女は何も言わなかった。ただ部屋の中を歩きまわりつづけた。

「あのキャッツって野郎、警察のイヌだった。そもそもお巡りに紹介されたんだけどな。それでも信用できると思ったんだ。でも、結局、ペテンにかけられた」

「いいえ、それはちがう。あたしたちはペテンになんかかけられてない」

「かけられてたんだって。それぐらいおれにもわかってよかったのにな。お巡りにあいつを売り込まれたときに。だけど、わからなかった。お巡りが嘘《うそ》をついてるとは思わなかったんだ」

「ペテンにかけられたのはあたしよ。あんたじゃなくて」

「いいや、おれもかけられたのさ。あいつはおれもコケにしたんだ」

「今になってあたしには何もかもわかる。なんであたしが車を運転しなくちゃならなかったのかも。このまえのときのことも。なんであたしがやらなくちゃならなかったのかも。なんであんたじゃなかったのかもわかる。そう、あたしがあんたに惚《ほ》れたのは、あんたは頭がいいからよ。今はそのことがよくわかる。あんたの頭がいいことが。これって笑っちゃわない？　そいつの頭がいいから惚れたら、ほんとにそいつの頭がいいことがあとからわかるのって」

「何が言いたいんだ、コーラ？」

「ペテンにかけられたって言いたいのよ！　そう、あたしがペテンにかけられたのよ、あんたとあの弁護士に。今度のことはあんたが全部うまく仕組んだ。あんたはあたしがあんたも殺そうとしたみたいに仕組んだ。そうすれば、あんたが今度のことに関係してるなんてありえなくなるから。そうしておいて、あたしに法廷で有罪を認めさせようってわけよ。それだとあんたはまるっきり無関係でいられる。いいよ、わかったわよ。あたしってほんとに馬鹿《ばか》だった。でも、そこまで馬鹿じゃない。聞きなさい、ミスター・フランク・チェンバース。今度のことが全部終わったら、あんたは自分の頭がどれほどいいか確かめるといい。でも、世の中にはただいいだけじゃなくて、よすぎちゃう頭もあるってことよ」

おれはコーラに話しかけようとした。が、無駄だった。口紅を塗ってるのに彼女の唇は色をなくしてた。ドアが開いて、そんなところにキャッツがはいってきた。おれは担架の上からキャッツに飛びかかろうとした。が、動けなかった。勝手に動いたりしないよう、ストラップが掛けられてた。

「出ていけ、このくそイヌ！　確かにおまえは対処したよ。それだけは言える。だけど、今のおれにはおまえがどういうやつだったのかよくわかる。耳が聞こえないのか？　出ていけ！」

「おいおい、どうしたんだね、チェンバース？」

知らない人間が見たら、キャッツのことを日曜学校の先生みたいに思ったかもしれない。チューインガムを取り上げられて泣いてる子供に話しかけてる先生だ。「なあ、いったいどうしたんだ？　私は今もあれやこれや対処してる。それはもう言ったと思うが」

「そのとおりだ。おれがおまえをとっ捕まえて痛い目にあわせたら、もうおまえを助けてくれるのは神さましかいなくなるだろうよ」

キャッツはコーラを見た。自分には状況が理解できず、彼女ならこの状況から自分を助け出してくれるのではないかとでもいうふうに。コーラは彼に近づいて言った。

「ここにいるこの男、あんたはこの男とグルになってあたしを騙《だま》したのよね。それであたしだけ罪をかぶって、この男は無罪放免ってわけよね。いい、この男もあたしとおんなじくらい今度のことには関わってるのよ。だから、ひとりだけ逃げおおせられるなんて思わないことね。あたしがしゃべるから。あたしが何もかもしゃべるから。洗いざらい、今、ここで」

キャッツはコーラを見て首を振った。そのときのキャッツの顔はおれがそれまで男の顔に見た中で一番インチキくさかった。「いいかね、奥さん、私はそんなことはしない。今度のことは私に任せてくれたら――」

「あんたはもう充分した。今度はあたしがする番よ」

キャッツは立ち上がると、肩をすくめて出ていった。そのあとすぐに、でかい足と赤い首をした男が携帯用の小さなタイプライターを持ってはいってきて、何冊か本を下に敷いて椅子《いす》の上にタイプライターを置いた。そして、タイプライターと向かい合うと、コーラを見て言った。

「あんたが供述したがってるってことで、ミスター・キャッツに言われてきたんだけど」

キーキーと軋《きし》るみたいな声の男で、しゃべりながらどこかしらにやついてた。

「そうよ。供述よ」

コーラはどこか痙攣でもしてるみたいに一度に二、三語ずつ話しはじめた。その速さに合わせて、男はタイプライターを叩いた。彼女は全部しゃべった。最初に戻って、どうやっておれと会ったのか、おれたちの関係はどんなふうに始まったのか、一度パパダキスを殺そうと思ったものの、失敗したことも話した。何度かお巡りがドアから顔をのぞかせたが、タイプライターのまえに坐《すわ》ったまま男は手を上げて言った。

「あともうちょっとです、巡査部長」

「わかった」

最後まで行くと、コーラは保険のことは何も知らなかったと言った。おれたちは保険のためなんかにやったわけじゃなくて、ただパパダキスを消したくてやったんだと言った。

「それで全部よ」

男はタイプした紙をまとめた。コーラはそれに全部サインした。「こっちの書類にはイニシャルを書いてもらえるかな？」彼女はイニシャルを書いた。男は公正証書に捺《お》す判子を取り出すと、彼女に右手を上げさせて宣誓をさせてから判子を捺してサインした。そして、書類をポケットに入れると、タイプライターをしまって出ていった。コーラも戸口のほうに歩いて女看守を呼んだ。「もうすんだわ」女看守がやってきてコーラを連れていった。担架係の男たちもはいってきて、おれも運び出された。男たちは速足でおれを運んだが、途中、コーラをじろじろと見てる一団に出くわしてしまって、すんなりとは行けなかった。コーラは留置場まで行く昇りのエレヴェーターを女看守と一緒に待ってた。留置場は裁判所の最上階にあった。担架係の男たちがそんな野次馬を掻き分けて進もうとして、おれに掛けてあった毛布が引っぱられて、床にずり落ちて引きずられた。コーラがそれを取り上げて、おれの体のまわりにたくし込んでくれた。だけど、そこですばやく顔をそむけた。

11

おれは病院に戻された。が、おれに付き添ったのは州警察の警官ではなくて、コーラの供述を聞き取った男で、そいつは病室のもうひとつのベッドに寝た。おれは一生懸命眠ろうとした。すると、しばらくして眠れた。コーラがおれを見てる夢を見た。おれのほうは何か彼女に言おうとしてるのに、どうしても言えない。やがて彼女の姿は下のほうに降りていって、そこでおれは眼が覚めた。あの音が耳に残ってた。ギリシア人の頭をぶっ叩いたときのあの音だ。それからまた眠りに落ちて、また夢を見た。そこでまた眼が覚めた。そのときには自分の首をつかんでた。やっぱりあの音が耳に残ってた。一度眼が覚めたときには叫んでた。隣りの男が肘《ひじ》をついて、上体を起こして言った。

「おい」

「ああ」

「どうした？」

「なんでもない。夢だ」

「そうか」

そいつは片時もおれを放っておいてくれなかった。朝になると、洗面器に水を入れて持ってこさせて、ポケットから剃刀《かみそり》を取り出してひげを剃《そ》った。顔も洗った。朝食が運ばれると、そいつはテーブルについて食べた。おれたちはひとこともことばを交わさなかった。

新聞も届けられて、案の定、第一面にコーラの大きな写真が載ってた。その下に担架にのせられたおれの小さな写真も載ってた。新聞はコーラを〝ボトル・キラー〟と呼んでた。罪状認否の法廷で彼女が有罪を認めたからには、今日のうちに判決が出るだろうと書かれてた。中のページの記事には、この事件はスピード裁判の記録を更新するものと思われるとも書かれてた。どんな事件もこれほど早く裁かれたら、それは百の法律をつくるよりずっと犯罪防止に役立つだろう、なんて言ってる説教師の記事もあった。おれはコーラの自白に関して何か書かれてないか、ページ全部に眼を通した。どこにもなかった。

十二時頃、若い医者がやってきて、粘着固定テープをいくつかアルコールで濡《ぬ》らして剝《は》がしてから、背中の怪我《けが》の処置をした。本人は濡らして剝がしてるつもりかもしれないが、実際にはただ引っ剝がしてるだけで、これが死ぬほど痛かった。それでもいくつか剝がされると、少しは動けるようになったのがわかった。残りのテープはそのままにされたが、看護婦が服を持ってきてくれて、おれは自分でそれを着た。担架係の男たちが来て、エレヴェーターまで行って、病院を出るところまで手伝ってくれた。お抱え運転手付きの車が待ってた。一晩一緒に寝た男にその車に乗せられた。だけど、二ブロックも走っただけで降ろされて、オフィスビルの中にあるオフィスまで連れていかれた。そこにはキャッツがいて、握手を求めて、手を差し出してきた。満面に笑みを浮かべてた。

「終わったよ」

「すばらしい。で、彼女はいつ吊《つ》るされるんだ？」

「誰も彼女を吊るしたりはしない。彼女ももう自由の身だ。まさに鳥のように。あと少ししたら彼女もここに来ることになっている。法廷での手続きが終わったらすぐ。はいってくれ。今から説明するから」

彼はおれをプライヴェート・オフィスに招き入れて、ドアを閉めた。そして、煙草《たばこ》を巻いて半分ほど吸うと、口の端にくわえたまますぐに話しはじめた。おれは彼のことをほとんど知らない。だけど、それにしてもわけがわからなかった。昨日はあんなに眠そうにしてた男が今日はとことん興奮してた。

「チェンバース、今度の件は私がこれまで手がけた中でも最高の訴訟になった。この件に関わったのは二十四時間たらずだったわけだが、それでも私にしてもこんな体験は初めてだよ。まあ、ボクシングのデンプシーとフィルポの試合は二ラウンドで終わってしまったが、長さが問題なんじゃない。問題はその場に身を置いたら何をするかだ。

もっとも、今度のことはボクシングとはちがったが。むしろ、四人のプレーヤー全員に完璧《かんぺき》な持ち札が配られたカードゲームのようなものだった。やれるものなら、やってみろ。みんながそんなふうに思っているゲームだ。カードゲームじゃ、普通、クソみたいな持ち札が配られたプレーヤーがひとりでもいなければ勝てないなんて言われてるがね。そんなのはたわごとだ。私なんぞそんな持ち札を毎日配られてるよ。それでも、下手さえしなけりゃ勝てるカードがほかの全員に配られたゲームでも、私はクソ手でけっこう。仕上げをご覧《ろう》じあれ、だ。いやいや、チェンバース、今度の一件に関わらせてくれて、きみにはほんとうに感謝している。こんな事件はもう二度と舞い込んでこないだろう」

「あんたはまだ何も言ってない」

「今から言うから、心配するな。しかし、きみにはわからないだろうな。私がどんな手札でプレーしたのか、最後に私がカードをきみにさらすまでは絶対にね。まず最初、きみと彼女がいた。きみたちの手札はお互い完璧だった。なぜなら、まさしくそれは完全犯罪だったからだよ、チェンバース。もしかしたら、それがどれほど完璧なものだったかきみもわかっていないかもしれない。サケットがきみを脅すのに使ったものはどれもみな——車がひっくり返ったとき彼女は車の中にいなかったことも、彼女がハンドバッグを持っていたことも——クソみたいなものだ。車はひっくり返るまえに大いに揺れたのかもしれない、ちがうかね？　女が車から飛び降りるときにとっさにハンドバッグをつかむというのもありうることだ、ちがうかね？　そんなことはどんな犯罪も立証していない。それはただ彼女が女だったということを証明しているにすぎない」

「今の話をあんたはどこから仕入れたんだ？」

「サケットからさ。ゆうべ一緒に夕食を食べたんだよ。あの男はそれはもう大得意だった。私を哀れんでたよ、このまぬけとばかりにね。サケットと私は敵同士《かたき》だが、これほど仲のいい敵もいないんじゃないかな。あいつは私を負かすためなら悪魔にだって魂を売るだろう。それはこっちも同じだ。で、賭《か》けをしたんだ。百ドル賭けた。そういう賭けをしながら、あいつは私を嘲《あざけ》った。なぜって、あいつにしてみても今回ばかりは完璧な事例だったからね。彼はただカードを切るだけでよかった。あとのことは死刑執行人に任せればよかった」

いい話じゃないか。おれとコーラが死刑執行人に何をされるかされないかで、ふたりの男が百ドルも賭け合うとは。それでも、おれとしては話を最後まで聞きたかった。きちんと理解したかった。

「おれたちの手札が完璧だったんだとしたら、あいつはどんな手札で対抗しようとしたんだ？」

「今から話すよ。確かにきみたちの手札は完璧だった。しかし、サケットは心得ていた。検察側がちゃんとプレーしさえすれば、男にしろ女にしろ、どれほど完璧な手札を配られても、その手札でちゃんとプレーできたやつなどこれまでひとりもいなかったことを。彼はただふたりを仲たがいさせるだけでいいことも心得ていた。それがまず第一だ。次は、彼としては事件を詳しく調べなくてもよかったということだ。サケットには彼のかわりにそういうことをしてくれる保険会社がいたからだ。サケットは指一本もたげる必要すらなかった。彼としてはそこのところがいかにも気に入ったことだろうよ。自分はただカードを切ってさえいれば、勝手に賭け金が膝《ひざ》の上に転がり込んでくるんだから。そこで彼は何をしたか？　この件の調査は保険会社に任せたまま、きみをとことん怯《おび》えさせ、挙句、彼女を訴える告訴状にサインをさせることにしたのさ。あの男はきみが持っている一番いいカードに眼をつけた。つまり、きみ自身がひどい怪我を負っているという事実に。その事実を利用してきみに勝たせた。しかし、きみが負かしたのはきみ自身のエースだった。きみがそれほどひどい怪我をしているということは、今度の件は事故にちがいない。なのに、サケットはそれを逆手に取ってきみを言いくるめ、彼女を訴える告訴状にサインさせたわけだ。実際、きみはサインした。サインをしなければ、自分がやったことを彼に知られてしまうことを恐れて」

「ちょっとビビっただけだよ。それだけだ」

「イエロー《イエロー》というのは殺人にはつきものの色だ。そして、そのことに関してサケットほどよく知っているやつもいない。それはまちがいない。彼は自分の望むところにきみを追い込んだ。あとはきみに彼女を窮地に追いやる証言をさせればいい。きみがそういうことをしたら、彼女もきみのことを見捨てるだろう。それはもう地上の何物にも止めることはできない。つまり、私と夕食をともにしたとき、サケットはそういう立場にいたわけだ。だから私を嘲った。私を哀れみもした。私と百ドルの賭けもした。その間、私のほうは、カードの切り方さえまちがえなければ、彼を負かすことのできるカードを手にじっと坐《すわ》っていたわけだ。よし、チェンバース、きみは今、私の手札をのぞいて見ているとしよう。どんなカードが見える？」

「大したカードは見えない」

「ほう、だったらどんなカードが見える？」

「正直言うと、何も見えない」

「サケットも同じだった。しかし、今もう一度よく見るんだ。昨日きみと別れたあと、私は彼女に会いにいった。そして、パパダキスの貸金庫を開ける許可を得た。で、開けてみたら、思っていたとおりのものがちゃんとはいっていた。その貸金庫にはほかにも保険証書があったんだよ。私はそれを作成した代理店に行った。そこで次のようなことがわかったんだ。

　罪状認否で問題になったあの保険は、パパダキスが数週間前に見舞われた事故とはなんの関係もなかった。保険の代理業者はカレンダーをめくって、パパダキスの自動車保険の期限が切れかかってるのに気づき、パパダキスに会いにいった。そのとき彼女はいなかった。契約の手続きはすぐにすんだ。車両、火災、盗難、事故、賠償責任、ごく普通の保険だ。代理業者は本人が受ける傷害以外はその保険ですべてカヴァーできると説明した。ただ、そこでパパダキスに自分にも傷害保険をかけたらどうかと勧めたんだ。パパダキスは即座に興味を持った。もしかしたら、直前の事故のことが頭にあったのかもしれない。そうだったとしても、その事故については代理業者は何も知らなかったようだが。いずれにしろ、パパダキスはその場ですべての書類にサインして、代理業者に小切手で払った。その翌日にはもう郵便で証書が届けられた。きみも知っていると思うが、保険の代理業者というのはいくつもの会社の代理人をしている。だから、このパパダキスの保険も同じひとつの保険会社の保険ではなかった。そこがサケットが失念していたまず第一点だ。しかし、もっと忘れてはならなかった肝心なところは、パパダキスは新しい保険にはいっただけではなかったという点だ。彼には契約していた古い保険がほかにもあったのだよ。そして、その保険は期限がまだ一週間残っていた。

よろしい、整理しよう。〈パシフィック・ステーツ損害保険〉の保険は一万ドルの個人傷害保険だ。一方、〈カリフォルニア補償〉の保険は新しい一万ドルの賠償責任保険で、〈ロッキー・マウンテン信用保険〉の保険は古い一万ドルの賠償責任保険だ。それが私の最初のカードになった。つまり、サケットには一万ドルのために彼の仕事をする保険会社が一社、一方、私のほうには、私が望めばいつでも合計二万ドルのために私の仕事をしてくれる保険会社が二社あったということだ。わかるかね？」

「いや、全然」

「いいかね、サケットはきみが持っていたビッグカードを盗んだ。そこはもうわかったね？　そう、私も同じことをしたのだよ。彼からビッグカードを盗んだのさ。きみは怪我をした。それはまちがいないね？　それもひどい怪我をした。そう、だからもしサケットが彼女の殺人罪を立証し、その殺人の結果としてこうむった怪我のために、きみが彼女を訴えたら、陪審はきみの求めるものならなんでも与えるはずだ。さっき言ったふたつの保険会社は、びた一セント欠けることなくその評決に応じる義務を負う」

「なるほど」

「いいぞ、チェンバース、そういうことだ。私はそういうカードを自分の手の中に見つけたのさ。きみには見つけられなかったカードだ。サケットにも見つけられなかった。〈パシフィック・ステーツ損害保険〉も見つけられなかった。なぜなら、彼らはサケットのためのサケットのゲームをプレーするのに忙しすぎたからだ。彼らはサケットがゲームに勝つことをつゆ疑わなかった。そんなことは考えもしなかった」

彼は何度か部屋を歩きまわって、部屋の隅に置かれた鏡のまえを通るたびに自分に見惚《みと》れた。それからまた続けた。

「まあ、そういうことだ。次はどんなふうにプレーするか。私としては急がなければならなかった。なぜなら、サケットはすでに自分のゲームを始めており、彼女はいつ自白してもおかしくなかったからだ。罪状認否の法廷ですら、彼女はきみが彼女に不利な証言をしたら即座になんでもしゃべっただろう。私としても迅速に動かなければならなかった。そこでこの私は何をしたか。〈パシフィック・ステーツ損害保険〉の男が証言するまで待って、犯罪がおこなわれたことをあの男が心底信じていることを記録に残させた。それはあとで虚偽告訴罪であの男を訴えることができるようにするためだ。そのあと私はドカンとやった。彼女の有罪を認めた。それで罪状認否は終わり、結果としてゆうべは一晩サケットの動きを封じることができた。そのあと私は急いで彼女を弁護人室に向かわせ、夜に向けて勾留《こうりゅう》されるまえに三十分だけ時間を要求し、同じ部屋にきみも行かせた。彼女にしてみれば五分で充分だった。私が行ったときにはもう何もかも吐き出す寸前だった。だからケネディを遣《や》ったのさ」

「ゆうべおれと一緒にいた刑事か？」

「あの男は元刑事だが、今はもうちがう。今は私が雇っている探偵だ。彼女は刑事に話しているると思ったかもしれないが、実際は偽《にせ》刑事に話していたわけだ。しかし、それが奏功した。胸の内を吐き出したあと、彼女は今日まで静かにしていた。それで充分だった。次はきみだ。きみはとんずらを決め込むかもしれなかった。きみは起訴されなかった。だからもう勾留もされていなかった。きみ自身は逮捕されたものと思っていたかもしれないが。だから、逮捕されていないことに気づいたらもう、粘着テープに固定されていようが、背中が痛もうが、病院の指示があろうが、何物もきみを止められないことはわかっていた。だから、彼女の供述がすんだら、すぐにケネディをきみのところに遣ったんだよ。きみを監視するために。お次は真夜中のささやかな会合だった。〈パシフィック・ステーツ損害保険〉と〈カリフォルニア補償〉と〈ロッキー・マウンテン信用保険〉とのね。保険の契約内容を示すと、彼らはあっというまに商談をまとめたよ」

「商談をまとめた？　どういう意味だ？」

「まず私は法律を読み上げた。カリフォルニア州車両法一四一条三項の四、同乗者に関する条文だ。そこには、車の同乗者が傷害を負っても賠償を求める権利はないと定められているが、ただし、それが同乗者の受けた傷害が運転者の酩酊《めいてい》、意図的な不正行為によるものの場合には賠償請求ができるとも謳《うた》われている。わかるだろう、きみはその同乗者だ。一方、私はすでに殺人と傷害で彼女の罪を認めていた。これほどの〝意図的な不正行為〟もないよ。ちがうかね？　しかし、彼らにしてもそこのところははっきりとはわからない。すべては彼女がひとりだけでやったことだったかもしれないからだ。で、賠償責任保険の会社――きみからのパンチに顎《あご》を差し出す恰好《かっこう》になっていた会社だ――がそれぞれ五千ドルずつ〈パシフィック・ステーツ〉に払うことに同意したのさ。それで〈パシフィック・ステーツ〉は保険金を払うことを決めたというわけだ。そのあと口を閉じていることもね。それらすべてが決まるのには三十分とかからなかった」

「で？」

「今も眼に浮かぶよ。〈パシフィック・ステーツ〉の男が今日証人台に立って、調査の結果、事故に犯罪性は認められなかったので、会社は満額を払うことに決めたと証言したときのサケットの顔が。チェンバース、これがどんな感じかわかるかね？　おおっぴらにフェイントをかけたら、相手がそれにまんまと引っかかり、こっちのパンチが相手の顎にまともに命中した。それがどんな感じかわかるかね？　こんなに気持ちのいいことはこの世にまたとないね」

「まだわからない。なんでそいつは二度も証言をしたんだ？」

「ミセス・パパダキスは判決を受ける身だった。有罪をこっちが早々に認めたら、そのあと裁判所がさらにいくつか証言を求めることがよくある。実際のところ、どういう事件だったのか、はっきりさせるためだ。それと刑を決めるためだ。だから、今日の裁判はサケットが血を求めて吠《ほ》えるところから始まった。彼は死刑を求刑した。まったく、あいつはまさに血に飢えた野郎だよ、あのサケットという男は。だからこっちもそのことに刺激されて、あいつとはどうしてもやり合いたくなるわけだが。あの男は罪人を吊《つ》るせば世の中がよくなると心底信じ込んでるんだよ。だから、やつを相手にするときにはこっちも賭けを覚悟しなきゃならない。案の定、あいつは保険会社の男をまた証人台に立たせた。だけど、その男はもうあいつのイヌではなくなっていた。真夜中の会合を経て、私のイヌに成り変わっていた。ただひとりサケットだけがそのことを知らなかった。それがわかると当然、サケットは吠えまくった。でも、もう遅すぎた。保険会社がミセス・パパダキスの有罪を信じていなくて陪審が信じるわけがない、ちがうかね？　あんな証言のあとじゃ、もう彼女を有罪にするチャンスなどこの世にかけらもなくなった。そこからだ、私がサケットを火あぶりにしたのは。立ち上がって、私はみんなのまえで一席ぶった。たっぷりと時間をかけてね。まず、私の依頼人はいかに最初から無実を訴えていたか話した。私がいかにそのことばを信じなかったかも話した。それはどんな法廷でも有罪とするに充分な、圧倒的に彼女に不利と見られる証拠が存在してることがわかったからだと私は言った。だから、有罪を認めて、あとは法廷の慈悲に委《ゆだ》ねるのが彼女に最大の利益をもたらす策と信じて行動したのだと説明した。しかし──チェンバース、わかるかね、私がこの〝しかし〟ということばを舌の上でどんなふうに転がしたか？──しかし、只今《ただいま》の証言に鑑《かんが》みるに、有罪答弁を撤回し、審理の続行を是認する以外、私に拓《ひら》かれた道はありません。サケットには何もできなかった。なぜなら、こっちはまだ抗弁ができる八日の期限内にいるからだ。そこであいつも悟ったんだろう、勝ち目などまるっきりないことを。こっちの過失致死の申し出に応じたよ。裁判所は独自に何人か証人を呼び、そのあと執行猶予《ゆうよ》付きの六ヵ月の判決が彼女に言い渡された。その刑だって判事はさも申しわけなさそうに言ってたな。きみに対する傷害容疑も取り下げになった。それがすべてにおける一番のポイントだったのに、そのときにはもう少しで忘れるところだった」

誰かがドアをノックした。ケネディがコーラを連れてきて、書類をキャッツの机の上に置くと、すぐまた出ていった。「これだ、チェンバース、サインしてくれ。ただサインをしてくれればいい。いいね？　きみがこうむったいかなる傷害についてもその補償の権利を放棄するという書類だ。保険会社の連中があんなにやさしくなったのはこれが自分たちの手にはいるからだ」

おれはサインして言った。

「家まで送ろうか、コーラ？」

「そうね」

「ちょっと待った、ちょっと待った、きみたち。そんなに慌《あわ》てないでくれ。あとひとつちょこっと残っている。きみたちがあのギリシア人を始末して手に入れた一万ドルのことだ」

彼女はおれを見た。おれは彼女を見た。キャッツは坐ったまま小切手を見ていた。

「わかると思うが、この額の中にキャッツの取り分がないなら、完璧《かんぺき》な手とは言えない。そのことをきみたちに言うのを忘れていた。まあ、そうだな、私としても貪欲《どんよく》な豚になるつもりはないよ。普通は全額もらうんだが、でも、今回については半分にしよう。ミセス・パパダキス、五千ドルの小切手を書いてください。書いてもらえたら、保険金の小切手はあなたに譲るから、銀行に行って自分の口座に入れたらいい。さあ、これ。ここに額面のはいっていない小切手がありますから」

彼女は坐ってペンを取り上げて書きはじめた。が、そこで手を止めた。いったいどういうことなのか、わけがわからないといった顔をしてた。すると、キャッツが彼女のところまで行って、何も書かれていない小切手を取り上げて破った。

「かまうもんかね。一生に一度くらいはあってもいいことだ。ちがうかね？　どうぞ、全額取ってください。そんな一万ドルなんかどうでもいい。こっちはこっちで一万ドルの値打ちのあるものを手に入れたんだからね。これこそ私の欲しいものだ！」

彼は札入れを取り出すと、その中から小切手を一枚取り出しておれたちに見せた。それはサケットが振り出した百ドルの小切手だった。「私がこれを現金に換えると思うかね？　換えてたまるかね。私はこいつを額に入れて飾ろうと思っている。そこにね。その机のうしろの壁に」

12

おれたちはキャッツのオフィスを出た。おれはとても運転ができるような状態じゃなかったんでタクシーを拾った。まず銀行に行って小切手を口座に入れてから、花屋に寄って大きな花束をふたつ買って、それからパパダキスの葬式に向かった。あの男が死んでまだ二日しか経《た》っておらず、これから埋葬されるということがなんだか奇妙に感じられた。葬式は小さなギリシア教会でおこなわれてて、大勢の人が来てた。店で時折顔を見かけたギリシア人も何人かいた。おれたちがはいっていくと、みんなコーラに無関心を装《よそお》った顔を向けた。コーラは未亡人なのに三列目の椅子《いす》に坐《すわ》らされた。みんながおれたちのほうを見てるのがわかった。このあとこいつらが何か荒っぽいことをしでかしてきたらどうするか。おれはそんなことも考えた。そこにいるのはあの男の友達で、おれたちの友達じゃない。だけど、すぐに夕刊の早版がみんなの手から手にまわされてるのが見えた。その一面にコーラの無実を告げる見出しがでかでかと載ってた。案内係もそれを読むと、おれたちのところにやってきて、席を一番前の列に替えてくれた。司祭らしい男がギリシア人の死にざまに関するきわどいあてこすりで説教を始めた。ところが、男がひとり壇上に上がって、司祭に耳打ちをして、そのときにはもうまえのほうまでまわってきてた新聞を指差すと、司祭はまたまえに向き直って、最初からやり直した。今度はきわどいあてこすりはなくて、悲嘆に暮れる未亡人と友人のことが説教に織り込まれた。そのことばを受け容《い》れるようにみんながうなずいた。墓のある教会の庭に出ると、彼らの中からふたりばかり出てきて、コーラの腕を取った。さらにふたりばかり、おれの介助もしてくれた。ギリシア人が埋められるあいだ、おれはおいおい泣いちまった。讃美歌を歌うことにはいつだって誰にだって、そういう効果がある。好きなやつがそれにからんでるときはなおさらだ。おれはギリシア人が好きだった。だから、そのなおさらというやつだった。最後はギリシア人が歌ってるのを百回は聞いたことのある歌になった。それでおれはとどめを刺された。買ってきた花を置くべきところに置くことしかおれにはもうできなかった。

　タクシーの運転手が一週間十五ドルでフォードを貸してくれる男を見つけてくれて、おれたちはそのフォードでパパダキスの家に向かった。コーラが運転した。市《まち》を出たところで、建設中の家のまえを通り過ぎて、おれたちは、最近新築の家をあんまり見かけなくなったけれど、景気がよくなったら、あっというまにこのあたり全体に次々と家が建つんだろう、なんて話をした。パパダキスの家に着くと、彼女はおれを降ろして車をガレージに入れた。おれたちは家にはいった。何もかもおれたちが出たときのまんまだった。ワインを飲んだグラスまで。シンクに置かれてた。ギターも出しっぱなしになってた。家を出たときニックはもうかなり酔ってたんだ。コーラがギターをケースにしまって、グラスも洗った。そして、階上《うえ》にあがった。ちょっと間を置いておれもあがった。

コーラは夫婦の寝室にいた。窓辺に坐って道路を眺めてた。

「で？」

コーラは何も言わなかった。おれは部屋を出ていきかけた。

「出ていってなんて誰も言ってないけど」

おれは坐った。そのままけっこう時間が過ぎた。おれに突っかかるだけの元気を取り戻して彼女が言った。

「フランク、あんたはあたしを裏切った」

「裏切ってなんかいないよ。あいつにはめられたんだ、コーラ。おれとしちゃ、あいつの書類にサインするしかなかった。しなかったら、あいつに何もかも突き止められてただろう。おれはおまえを裏切ったりしてない。おれは調子を合わせてただけだ。とりあえず、自分がいったいどういうことになってるのかわかるまで」

「あんたはあたしを裏切った。それはあんたの眼を見ればわかった」

「わかった、コーラ。ああ、おれはおまえを裏切ったよ。要するにビビっちまったんだ。そういうことさ。そんなことはしたくなかった。だから、そんなことはしないようにしてた。だけど、あいつにやられちまったんだ。そういうことだ」

「わかった」

「そりゃもうひどい思いをさせられたんだ」

「あたしもあんたを裏切ったしね、フランク」

「そりゃそうさせられたからだろ？　おまえだってそんなことはしたくなかった。だけど、あいつらはおまえに罠《わな》をかけた」

「いいえ、裏切りたかったのよ。あのとき、あたしはあんたが憎かった」

「そのことはもういいよ。おまえが憎んだのはおれがほんとにはやらなかったことのせいなんだから。そこのところは今ならわかるだろ？」

「わからない。あたしはあんたがほんとにやったことのためにあんたを憎んだのよ」

「おれはおまえを一度も憎まなかった。コーラ、おれが憎んだのは自分自身だ」

「今はあたしもあんたを憎んだりしてない。あたしが憎いのはあのサケットよ。それとキャッツ。どうしてあいつらはあたしたちを放っておいてくれなかったの？　どうしてあたしたちふたりに最後まで戦わせてくれなかったの？　あたしはそれで全然かまわなかった。あたしはそれで全然かまわなかった、たとえその結果――わかるよね？　そうしてたら、あたしたちは自分たちの愛をお互い心に持っていられた。そもそもあたしたちにはそれしかなかったのに、なのに、やつらが汚い手を使いだしたとたん、あんたはあたしを裏切った」

「おまえもおれを裏切った。そのことも忘れるなよな」

「そこが最悪なところよ。あたしはあんたを裏切った。あたしたちはふたりとも相手を裏切った」

「まあ、それでお相子ってわけだ、だろ？」

「確かにそれでお相子よ。でも、今のあたしたちを見てよ。あたしたちは山の高いところにいた。あたしたちは高い高いところにいたのよ、フランク。あの夜、あそこであたしたちはすべてを手に入れた。自分があんな気持ちになるなんて、あたし、考えたこともなかった。あたしたちはキスをして、それを封印した。どんなことが起ころうと、それが永遠にあそこに残るように。あたしたちは世界じゅうのどんなカップルにも手に入れられないものを手に入れたのよ。なのに、そこからすべり落ちてしまった。最初はあんた、次にあたしも。そう、確かにそれでお相子よ。あたしたちはふたりともすべり落ちて、今ここにいるのよ。もうあの高いところには行けない。あたしたちの美しい山はもう消えてなくなってしまったのよ」

「だからなんなんだよ？　おれたちは今ふたり一緒だろうが。ちがうのか？」

「そうね。でも、あたし、すごく考えたのよ、フランク。昨日の夜。あんたとあたしのことも、映画のことも、なんであたしは映画界にはいることができなかったのかということも、働いてた安食堂のことも、旅のことも、なんであんたは旅が好きなのかということも。要するにあたしたちはただのろくでなしの二人組なのよ、フランク。あの夜には神さまがあたしたちのおでこにキスをしてくれた。カップルに持てるものすべてを与えてくれた。だけど、あたしたちはそういうものが持てるタマじゃなかったのよ。あたしたちはあんなにも愛のすべてを手に入れたのに、その下敷きになって砕けちゃったのよ。空を飛ぶのには大きな飛行機のエンジンが要る。山のてっぺんまで行くにはね。だけど、そんなエンジンをフォードにのせたら、フォードなんか粉々に砕けちゃう。それがあたしたちなのよ、フランク。フォードのカップルなのよ。神さまは空からあたしたちを見て、きっと笑ってることでしょうよ」

「笑ってなんかいるわけないだろうが。いや、神さまが笑ってるんなら、こっちだって神さまを笑ってるんじゃないのか、ええ？　神さまはおれたちに赤信号を出した。だけど、おれたちはそれを無視した。それでどうなった？　おれたちはどん底に突き落とされたのか？　ちがうだろうが。おれたちはきれいにピンチを切り抜けた。ちゃんと仕事をして、一万ドルを手に入れたんじゃないのか。神さまがおれたちのおでこにキスをしただって？　だったら、そのあと悪魔がおれたちのベッドにやってきたんだよ。で、お嬢ちゃん、嘘《うそ》じゃない、おれたちのしたことに大満足してることだろうよ」

「そんな言い方はやめて、フランク」

「おれたちは一万ドル手にしたのかい、それとも手にしなかったのかい？」

「一万ドルのことなんか今は考えたくない。そりゃ大金よ。それでもあたしたちの山は買えない」

「山、山、山！　くそっ、おれたちは山も手に入れて、そのてっぺんに積み上げる一万ドルも手に入れたんだよ。そんなに高いところにのぼりたいなら、積み上げた一万ドルの札束の上からまわりの景色を眺めりゃいいんだよ」

「あんたって、ほんと、いかれてる。あんたにも今の自分がちゃんと見られたらね。頭に包帯を巻いてわめいてる今の自分が」

「おまえは大切なことを忘れてる。おれたちにはおまえが言ってたあの酒盛りをまだやってないことだ。おれたちには祝わなきゃならないことがあるって」

「あたしが言ったのはそういう酒盛りじゃないわ」

「酒盛りは酒盛りさ。おれが出ていくまえに置いておいた酒はどこにある？」

おれは自分の部屋に行って酒を見つけた。バーボンの一クォートボトルで、まだ四分の三ぐらい残ってた。階下《した》に降りると、コカコーラのグラスと角氷とミネラルウォーターを持ってまた階上《うえ》に戻った。コーラは帽子を脱いで、髪もほどいてた。おれはふたり分つくった。ミネラルウォーターをちょっとと角氷はふたつ、あとは大半バーボンという飲みものをつくった。

「飲めよ。飲めば気分もよくなるさ。そう言えば、おれをやり込めたとき、サケットもそんなことを言いやがったっけ。あの毛ジラミ野郎」

「うわ、これ、強すぎる」

「ああ、そのとおりだ。なあ、おまえ、服を着すぎてないか」

おれはコーラをベッドに押し倒した。それでも彼女はグラスを放そうとしなかったんで、中身が少しこぼれた。「かまうことはない。まだいっぱいあるから」

おれはブラウスを脱がしにかかった。「破いて、フランク。あたしを破いて。あの夜やったみたいにあたしを破いて」

おれはコーラが着てたものを全部破いて剝《は》がした。コーラは身をよじって、ゆっくりと寝返りを打って、体の下から服が引き抜けるようにした。そのあと眼を閉じて枕《まくら》の上に仰向けになった。髪が両肩にかかった。ヘビみたいにカールしたまま。眼の色は真っ黒だった。乳房は張りつめておらず、おれのほうに向かってきてもいなかったけれど、柔らかかった。ふたつの大きなピンクが染《し》みのように広がってた。コーラ自身は世界じゅうのありとあらゆる淫売《いんばい》のひいおばあちゃんみたいに見えた。やりはしたが、その夜は悪魔の勝ちだった。

13

そんな関係が半年続いた。そんな関係をおれたちは長持ちさせた。いつも同じだった。喧嘩《けんか》になったらおれが酒に手を伸ばす。ここからどこかに行方をくらますというのがいつも喧嘩の種だった。コーラの執行猶予《ゆうよ》が切れるまで、おれたちは州を出ることができなかったんだが、そのあとはとんずらすべきだとおれは思ってた。コーラには言わなかったが、おれとしては彼女をサケットから遠く離したかったんだ。何かでおれに腹を立てたら、コーラは分別をなくして罪状認否のときみたいに洗いざらいぶちまけてしまうかもしれない。それが怖かったんだ。おれはコーラをいっときたりと信用してなかった。コーラも最初のうちはとんずらすることにすごく乗り気だった。おれがハワイとか南太平洋とかの話をするとなおさらだった。だけど、そこへ金の問題がはいり込んできちまったんだ。葬式から一週間ぐらい経《た》って店を開けると、コーラがいったいどんな女なのか一目見ようと客が大勢やってきた。そいつらはまたやってきた。なぜって店がよかったからだ。コーラはそれに興奮した。ここにこそおれたちがもっと金をつくるチャンスがあるってことで。

「フランク、このあたりの街道沿いの店ってどこもかしこもシケたところばかりじゃないの。それって、以前はカンザスかどこかで農場をやってた人たちが経営してるからよ。お客を喜ばせるってことになると、そういう人たちって豚並みの頭しかないのよ。だから、あたしみたいに商売のしかたがちゃんとわかってる人間がやってきて、お客の喜ぶことをしたら、お客はみんなまたやってくるのよ。それも友達をいっぱい連れて」

「客のことなんかどうでもいい。どのみち店は売り払うんだから」

「店がちゃんと利益を上げてたら、売るのも簡単になるでしょうが」

「金はもうできた」

「あたしが言ってるのはもっとまとまったお金のことよ。聞いて、フランク。外に出て木陰にも坐《すわ》れるようにしたら、お客はもっと喜ぶと思うの。考えてみてよ。カリフォルニアってこんなにいい気候なのに、みんな何をしてるの？〈アクメ・ランチルーム備品〉の既製品でできた内装の店の中に客を入れてるわけ。そんな店内なんて胃がむかむかするほど臭いのに。そんな店の中でフレズノから南の国境まで、まるでおんなじひどい料理を出してるのよ。いい気分にさせてあげようなんてこれっぽっちも考えないで」

「いいか、おれたちは店を売り払うんじゃないのか？　売るものが少なきゃ少ないほど手間が省ける。そりゃ、客は木陰に坐りたがるだろうよ。そんなことは誰でもわかることだ。頭の悪い〈カリフォルニア・バー－B《ベ》－Q《キュー》〉のコックにだけはわからなくても。だけど、客を木陰に坐らせるとなりゃ、テーブルが要る。電線を引いて外に明かりもいっぱいつけなきゃならない。ほかにもあれこれ要るだろう。だけど、この店を引き継ぐやつが誰であれ、そいつはそんなものなんか全然欲しがらないかもしれない」

「あたしたちはどっちみち半年はここにいなきゃならないのよ。気に入ろうと入るまいと」

「だったら、その半年を買い手を見つけるのに充《あ》てればいい」

「あたしは試してみたいのよ」

「わかったよ、だったら試せばいい。だけど、おれはもう言ったからな」

「テーブルは店の中のをいくつか使えばいい」

「試したけりゃ試せばいいってもう言っただろ？　来いよ。飲もうぜ」

ビールの販売許可をめぐって大喧嘩になって、その大喧嘩で、彼女がほんとは何を考えてたのかがわかった。テーブルはもう外に出してた。木陰に——彼女が造った壇の上に——出して、その上には縞々《しましま》の天蓋《てんがい》を張って、夜にはランプを置くようになってた。これがなかなかうまくいった。彼女はまちがってなかった。客たちは車に乗って出かけるまえに、木陰に坐って可愛《かわい》いラジオの音楽を聞く三十分を大いに愉《たの》しんだ。そんなときにそれまで違法だったビールの販売が解禁になったんだ。コーラはそれをチャンスと見た。外のテーブルをそのままにして〝ビアガーデン〟と名づけて、そのガーデンにビールを持ち込むいい機会だと。

「ビアガーデンなんてものは要らない。それだけは言っとくよ。おれに要るのはこの商売を全部現金で買い取ってくれるやつだけだ」

「でも、もったいないじゃないの」

「おれはそうは思わない」

「でも、いい、フランク。販売許可は半年でたったの十二ドルなのよ。ねえねえ、十二ドルぐらいどうにでもなるでしょ？」

「許可を取ったらビールの商売も始めることになる。おれたちはもうガソリンスタンドをやってる。ホットドッグの商売もやってる。で、今度はビール。そんなものはくそ食らえだ。おれはここから抜け出したいんだ。さらに深くはまり込むんじゃなくて」

「販売許可はみんな取ってる」

「そりゃいいことだ、おれの意見を言わせてもらえば」

「お客はみんな来たがってる。木陰にはあれこれそろったテーブルがある。なのに、販売許可を取ってないんでビールは出せませんなんて。あたしはそんなことを言わなくちゃならないわけ？」

「そもそもなんで客に何か言わなきゃならないんだ？」

「発電機さえ置けばすむのよ。それで生ビールが出せるのよ。生のほうが壜《びん》ビールよりいいわ。そのほうがお金にもなるし。このまえロスアンジェルスに行ったときに可愛いグラスも見つけたの。いかした背の高いやつ。ビールを飲むときにはみんなそういうグラスから飲みたくなるようなグラスよ」

「おれたちには発電機のほかにグラスも要るってわけだ。言っとくが、おれはビアガーデンそのものが要らない」

「フランク、あんたっていっぱしの人間になりたくないの？」

「いいか、よく聞け。おれはここから出たいんだ。どこかよそへ行きたいんだ。まわりを見まわすたびに、あの腐れギリシアおやじの幽霊が飛び出してくるのを見なくてもすむところへ行きたいんだ。あいつの声のこだまが夢に出てこないところへ、ラジオでギターが鳴るたびに飛び上がらなくてもすむところへ。おれはここを離れなきゃならないんだ。わかったか？　ここを離れなきゃ、気が変になる」

「あんたは嘘をついてる」

「どこが嘘なもんか。嘘なんかついてない。これほど真面目《まじめ》なことを言うのは生まれて初めてくらいのもんだ」

「あんたはギリシア人の幽霊なんか見てない。そうじゃない。誰かほかの人ならそんなものも見るかもしれない。だけど、フランク・チェンバースにはありえない。そうじゃない。あんたが出ていきたがってるのは、ただ単にあんたが根なし草だからよ。それだけのことよ。それがここに来たときのあんたで、今も変わらないあんただからよ。ここを出て、お金がなくなったら、そのあとどうするの？」

「そんなこと、おれが気にしてると思うか？　とにかくおれたちはここを出る。ちがうのか？」

「それよ、それ。あんたは何も気にしてないのよ。居残ろうと思えばここに居残れるのにそんなことを言うのは――」

「最初からわかってた。それがおまえの本心なのさ。端《はな》からずっとな。ふたりでここに残りたいっていうのがおまえの本心なんだよ」

「それがなんで駄目なの？　あたしたちはここでうまくやってる。なのにどうしてここに残っちゃいけないの？　聞いて、フランク。あんたは会った最初からあたしもあんたとおんなじ根なし草にしようとしたけど、そんなことはもうできない。あたし、言ったよね、あたしは根なし草じゃないって。あたしはいっぱしの人間になりたいのよ。あたしたちはここに残る。どこへも行かない。ビールの販売許可を取って、いっぱしの人間になる」

もう夜遅い時間だった。おれたちは下着だけの恰好《かっこう》で二階にいた。コーラは罪状認否のあとのときみたいに部屋の中を歩きまわって、どこか痙攣《けいれん》でもしてるみたいなしゃべり方をしてた。

「ああ、おれたちはここに残る。おれたちはなんでもおまえの言うとおりにする。さあ、コーラ、飲めよ」

「飲みたくないわ」

「いいや、おまえは飲みたがってる。金が手にはいったんだ、おれたちはもっとそのことで笑い合わなきゃ。だろ？」

「もう充分笑ったわ」

「でも、もっと稼ぐんだろ？　ビアガーデンで？　だったらそのことで祝杯をあげなきゃ。幸運を祈って」

「ほんと、あんたっていかれてる。でも、いいわ、幸運を祈るってことなら」

だいたいそういうことが週に二回か三回はあった。それから、二日酔いから醒《さ》めるたびに何かの暗示みたいなものもあった。あの夢だ。自分がどこまでも落ちていって、そんな自分の耳に聞こえるんだ。頭蓋骨が折れたときのあの音が。

執行猶予がちょうど切れたあとだった。コーラ宛《あ》てに電報が届いた。母親の健康がすぐれないという電報だった。コーラは急いで身支度をした。おれは彼女を列車に乗せて、駐車場に戻りかけた。そのとき奇妙な感覚を覚えた。なんだか自分が気体できてて、どこかにふわふわと飛んでいってしまいそうな感覚だった。自由を感じたんだろう。ともかくこれで一週間、喧嘩をしないですむ。悪夢を振り払わなくてもすむ。酒で女の機嫌を取ってなだめなくてもすむ。

駐車場に戻ると、若い女が車のエンジンをかけるのにてこずってた。どうやってもかからないみたいだった。女はあらゆるものを踏みつけてたが、明らかにエンジンは死んでた。

「どうした？　かからないのか？」

「停めたとき、駐車場係がイグニッションをオンのままにしちゃったのよ。だからバッテリーがあがっちゃったみたい」

「だったらそいつのせいだ。そいつらに充電させればいい」

「そうだけど、わたしは家に帰らなくちゃならない」

「だったら送っていってやろう」

「あなたってなんて親切なの」

「おれは世界で一番親切な男さ」

「わたしがどこに住んでるかも知らないのに」

「そんなことは気にもならない」

「けっこう遠いのよ。田舎なの」

「遠けりゃ遠いほどいい。そこがどこであれ、おれが行くのとおんなじ方向だ」

「そんなふうに言われると、まともな女はノーって言いづらくなっちゃう」

「だったら——そう、言いづらいんだったら、言わなきゃいい」

明るい髪の女だった。歳《とし》はおれよりちょっと上か。見てくれは悪くなかった。だけど、一番気に入ったのは女の気さくなところだ。それと、おれがまだ子供か何かならまだしも、おれに何かされやしまいかなんてまるで心配してないところだ。女は道順をちゃんと心得てた。それは見ればわかった。彼女がおれのことを何も知らないことがわかると、それが彼女を気に入る最後の仕上げになった。彼女の家に向かう途中、おれたちは互いに名乗り合ったんだが、彼女にとっておれの名前にはなんの意味もなかった。しかし、なんてこった。そんなことにこれほどほっとするなんて。彼女はこの世でただひとり、ちょっとでいいからテーブルについて、ギリシア人が殺されたと言われてる事件の真相を話してくれ、なんて言ってこない人間だった。おれはそんな彼女を見た。すると、列車から離れて歩きだしたときとおんなじような感覚になった。自分が気体でできてて、運転席からふわふわとどこかに浮いていきそうな感覚を覚えた。

「あんたの名前はマッジ・アレンっていうのか」

「まあ、ほんとはクレーマーっていうんだけど、でも、夫が死んだあと、またもとの苗字《みょうじ》に戻したのよ」

「なあ、マッジ・アレン、あるいはクレーマー、なんでもいい、あんたが呼ばれたい名前でいい。ちょっとした提案をしたいんだがね」

「ええ?」

「この車の鼻っつらを反対側に向けるっていうのはどうかな? 南をめざして、あんたとおれとで一週間ほど旅をするっていうのは」

「ううん、それは無理じゃないかな?」

「どうして?」

「ううん、無理だから無理なのよ。それだけ」

「おれのこと、気に入っただろ?」

「もちろん気に入ったわ」

「まあ、おれのほうもあんたが気に入った。なのになんで行けない?」

彼女は何か言いかけた。が、何も言わなかった。それから笑いだした。「正直に言うわね。行きたいわ。それはほんとよ。そういうことはしちゃいけないことなんだとしても、そんなことはわたしは全然どうでもいい。でも、行けないのよ。猫がいるから」

「猫?」

「わたしたち、猫をいっぱい飼ってるの。で、わたしがその世話をする係なの。だから家に帰らなくちゃならないのよ」

「ペットを預かってくれるところがあるだろうが。ええ？　そういうところに電話して、取りにきてもらえばいい」

そのおれのことばが彼女には可笑《おか》しかったらしい。「あの子たちを見たときのペット屋さんの顔が見てみたいものね。そういう種類の猫じゃないのよ」

「猫は猫さ。ちがうかい？」

「そうでもない。大きいのもいれば小さいのもいる。で、あたしのは大きいの。ペット屋さんがあたしたちが飼ってるライオンと仲よくやれるとは思えないわね。あるいはトラたちとも。ピューマとも。三頭のジャガーとも。彼らが最悪ね。ジャガーってそれはもう恐ろしい猫よ」

「たまげたね。そんなものをどうしてるんだ？」

「そう、映画に出させてるのよ。子供が生まれたら子供を売ったりもしてる。私設の動物園なんていうのがあるでしょ？　そういうものを置いておけば、客寄せになるから」

「おれの客はあんまり寄らない気がするな」

「わたしたちは食堂もやってるんだけど、お客さんはけっこう見たがるわよ」

「食堂！　おいおい、おれも食堂をやってるんだよ。このろくでもない国はどうやら国じゅうで互いにホットドッグを売り合って暮らしてるみたいだな」

「とにかく、猫たちを置いてどこかに行っちゃうわけにいかない。それはできないわ。誰かが餌《えさ》をやらないと」

「行けないもんかい。ゴーベルに電話して猫を取りにきてもらおう。あいつなら百ドルでおれたちがいないあいだ全部まとめて面倒をみてくれる」

「それって、わたしと旅行することがあなたにとってそれだけの価値があるってこと？」

「ぴったし百ドルのな」

「それはそれは。そういうことならもうとてもノーとは言えないわね。ゴーベルに電話して」


おれはマッジを彼女の家のまえで車から降ろして、公衆電話を見つけてゴーベルに電話して、家に戻って店を閉めた。それからまたマッジのところに戻った。もうそろそろ暗くなってた。ゴーベルはトラックを一台寄越してて、それが縞々と斑《まだら》をいっぱい載せてまた引き返していくところに出くわした。おれは彼女の家の百ヤードほど手前に車を停めた。彼女はすぐに姿を見せた。小さなスーツケースをさげてた。おれはそんな彼女の手を取って車に乗せると、すぐに車を出した。

「気に入ったかい？」

「すごく」

まずネヴァダ州キャリエンティに向かい、翌日は海岸沿いを七十マイルほどくだって小さなメキシコの町、エンセナーダまで足を伸ばした。そこでは小さなホテルに泊まって、三、四日過ごした。すごくいいところだった。エンセナーダはまるまるメキシコの町で、アメリカから百万マイルは離れてるような気分になれた。おれたちの部屋には小さなバルコニーがついてて、午後はそこに寝そべって海を眺めて、時間が勝手に流れるまま過ごした。

「猫だけど。なあ、あんたは何をしてるんだ？　調教してるのか？」

「うちで飼ってるのはそういうやつじゃないわね。そういうのには向かない子たちね。トラを除くと、みんな手に負えない子《アウトロー》ばかり。それでも調教はしてるけど」

「で、その仕事は気に入ってるのか？」

「そうでもない。大きいやつが相手だと。でも、ピューマは好きよ。いつかピューマとショーができたらいいなって思ってる。でも、それには何頭も要る。野生のピューマがね。動物園にいるようなアウトローじゃなくて」

「アウトローってなんなんだい？」

「アウトローは人間を殺すわ」

「それはみんなそうなんじゃないのか？」

「そうかもしれない。でも、アウトローはどっちみち殺すのよ。人に喩《たと》えれば、頭のおかしな人間ね。でも、それって捕らえられて自由を奪われて飼われてるからよ。そういう猫は猫みたいに見えてはいるけど、でも、ほんとはいかれ頭の猫なのよ」

「そいつが野生かどうかはどうしてわかるんだ？」

「自分でジャングルで捕まえるから」

「生け捕りにするのか？」

「もちろん。死んじゃったら意味ないじゃない」

「たまげたね。どうやってやるんだ？」

「そう、まず船に乗ってニカラグアまで行く。ほんとにいいピューマは全部ニカラグア産なのよ。カリフォルニアとかメキシコにいるのはニカラグア産に比べたら、ゴミみたいなものね。いずれにしろ、ニカラグアに行ったら、現地のインディオの男を何人か雇って山に登る。そして捕まえて連れて帰る。でも、今度はしばらく向こうにいるつもり。調教するのに。あっちの山羊《やぎ》の肉のほうがこっちの馬の肉より安いし」

「もう準備万端整ってるみたいな口ぶりだな」

「ええ」

彼女はワインを少し口に注ぎ込んでおれを見た。ワインのボトルには細長い注ぎ口がついていて、その注ぎ口から飲めるようになってた。ワインを冷やすためにそうなってるんだ。彼女はそれを二回か三回やり、そのたびに必ずおれを見た。

「あなたにその気があるならこっちにもその気はあるってことね」

「なんだって？　あんたと一緒におれもその罰あたりな生きものを捕まえにいくってことか？」

「フランク、わたしはお金をいっぱい持って出てきてる。頭のおかしな猫たちはゴーベルのところで飼ってもらえばいい。いくらになるにしろ、あなたは車を売ればいい。そうして猫を狩りに出かけるのよ」

「乗った」

「あなたも来るってこと？」

「いつ出発する？」

「明日エンセナーダを出港して、パナマのバルボアに寄港する貨物船がある。ゴーベルにはそこから電報を打てばいい。車はホテルに置いていって、ホテルの人に売ってもらえばいい。いくらで売れるにしろ、お金はあとから送ってもらえばいい。メキシコ人についてひとつ言えることがあるとすれば、彼らはのろくさいかもしれないけれど、みんな正直な人たちよ」

「わかった」

「驚いたわね。でも、嬉《うれ》しい」

「おれもさ。ホットドッグにもビールにもチーズを添えたアップルパイにももううんざりしてたんだ。そんなものは全部川に捨てちまおう」

「きっとあなたも気に入ると思うわ、フランク。山の上に住めるところを買いましょう。涼しいところに。それでわたしのショーの準備ができたら、そのショーを携えて世界じゅうをまわるの。好きなところへ行って好きなことをするの。そして、いっぱいお金を稼ぐの。あなたにはジプシーの血が少し流れてる?」

「ジプシーだって? おれはこの世に生まれ出たときから耳にイヤリングをしてたんだぜ」

その夜はあんまりよく眠れなかった。外が明るくなっても、おれの眼はぱっちり大きく開いてた。そのときになって、ニカラグアというのはそんなに遠くもないことがおれにもようやくわかってきた。

14

列車を降りてきたコーラは黒い服を着てた。その服が背丈を高く見せてた。それに黒い帽子に黒い靴に黒いストッキング。ポーターがトランクを車にのせるあいだ、彼女はまるで彼女らしく見えなかった。おれは車を出した。そのあと数マイル、おれたちはどちらも話すことがあんまりなかった。

「おふくろさんが死んだこと、なんで知らせてくれなかったんだ？」

「そのことであんたを煩《わずら》わせたくなかったから。どっちにしろ、やらなくちゃならないことが山ほどあったし」

「おれのほうは今、最低の気分だ」

「どうして？」

「おまえがいないあいだ、おれは旅行をしたんだ。サンフランシスコまで行ってきた」

「それでどうして最低の気分なの？」

「さあな。でも、おまえはアイオワに帰って、おまえのおふくろさんは死にかけてたっていうのに、こっちはサンフランシスコでいい思いをしてたんだからな」

「そう言われてもわからないわね。なんで最低の気分にならなくちゃならないのか。むしろ、あたしはあんたが旅行に行っててくれて嬉しいわ。あたしが思いついてたら、アイオワに行くまえにあたしのほうからあんたに勧めてたはずよ」

「だけど、それで実入りが減った。その間、店を閉めてたから」

「いいよ。それぐらい取り戻せる」

「おまえがいなくなって、なんだか気持ちが落ち着かなくなったんだ」

「もういいって。あたし、そんなこと気にしてないから」

「おまえのほうは大変だったのにな。だろ?」

「そりゃ愉《たの》しかったとは言えないけど、でも、いずれにしろ、もうそれも終わったし」

「家に着いたら、いいものを飲ませてやるよ。旅先でおまえに買ってきたいい酒があるんだ」

「お酒は要らない」

「飲むと元気になるぜ」

「もうお酒は飲んでないの」

「飲んでない？」

「そのことはあとで話すね。長い話になるから」

「なんか向こうじゃいろんなことがあったみたいだな」

「いいえ、何もないわ。あったのはお葬式だけよ。でも、あんたに話すことはいっぱいある。いずれにしろ、あたしたち、今からはもっと愉しくやっていけるはずよ」

「なあ、なんなんだよ、その話って？」

「今は駄目。あんた、自分の家族に会った？」

「なんのために？」

「ともかく愉しくやってたのね？」

「まあな。ひとりにしては悪くなかった」

「きっと愉しかったのね。でも、そう言ってくれてあたしも嬉しい」

　帰ると、店のまえに車が一台停まってて、男がひとり乗ってた。まぬけな笑みを顔に浮かべて車から降りてきたところで、そいつが誰かわかった。ケネディ。キャッツの事務所の男だ。

「おれを覚えてるかい？」

「もちろん覚えてるよ。中にはいれよ」

おれたちはケネディを店の中に入れた。コーラがおれを厨房《ちゅうぼう》に引っぱって言った。

「よくないわ、フランク」

「よくないって何が？」

「わからないけど。でも、感じるのよ」

「おれが話すよ」

おれはケネディのいるところに戻った。コーラはおれたちにビールを持ってきて、おれたちふたりだけにしてくれた。おれはすぐに用件を訊《き》きにかかった。

「まだキャッツのところにいるのかい？」

「いや。辞めた。あの人とはちょっといきちがいがあってね。で、辞めたんだ」

「今は何をしてる？」

「何も。実はそのことであんたらに会いにきたんだ。何回か来たんだけどね。誰もいなかった。だけど、今回はあんたらが戻ってるって聞いたもんで。で、ちょっと待ってみたんだ」

「できることならなんでもするよ。言ってみてくれ」

「いくらか金を恵んでもらえないかと思ってさ」

「あんたがそう言うなら。もちろん、手元に大金はないけど、五十ドルか六十ドルでいいんなら、喜んで進呈するよ」

「おれはもっと多くを期待してたんだがね」

ケネディは相変わらずまぬけな笑みを浮かべてた。おれは、フェイントやジャブはもうやめて、こいつの望みはなんなのかはっきりさせたほうがいいと思った。

「なんだよ、ケネディ。なんなんだよ？」

「それじゃ、話そう。おれはキャッツのところを辞めた。あの書類、おれがミセス・パパダキスのために作成した書類はまだファイルにはいってた。わかるよな？　あんたらとしちゃ、そんなものをいつまでもそこに残しておきたくはない。おれはあんたの友達みたいなもんだからな、あんたらの気持ちはよくわかる。で、持ち出したのさ。あんたらはきっと取り戻したがってるだろうと思ってさ」

「彼女は自白と言ってたけど、あの夢みたいなたわごとのことか？」

「そうだ。もちろん、あんなものはどうでもいいものだ。それはおれもわかってる。それでも、だ。あんたらとしちゃ取り戻したいんじゃないかと思ったわけだ」

「いくら欲しい？」

「そうさな。いくらなら払える？」

「さあ。あんたがさっき言ったとおり、あんなのはどうでもいいものだ。それでも、百ドルなら払ってもいいな。ああ、それぐらいなら払うよ」

「おれはもっと価値があるものと思ってたがね」

「ほう？」

「二万五千ぐらいの値打ちはあるんじゃないかと」

「おまえ、頭がいかれたか？」

「いや、いかれてなんかいないよ。あんたらはキャッツから一万まるまるせしめた。この店は流行《はや》ってるそうだからな、五千はもう稼いでることだろう。あとこの土地と家屋を抵当にすりゃ、銀行から一万は借りられるだろう。パパダキスは一万四千で手に入れたようだから、そう、一万は固いな。それで都合、二万五千というわけだ」

「あんなもので身ぐるみ剝《は》ごうってわけか？」

「それだけの価値はある」

おれは動かなかった。が、眼が光ってしまったんだろう、ケネディはポケットからオートマティックを取り出すと、銃口をおれに向けた。「何もするなよ、チェンバース。まず第一に、おれはその書類をここには持ってきてない。第二に、妙な真似《まね》をしたらおまえはそのことを思い知ることになる」

「何もしやしないよ」

「まあ、どのみち何もできやしないだろうが」

ケネディはおれに銃を向けつづけた。おれはケネディを見つづけた。「どうやらそのようだな」

「そのようなんじゃない。そのとおりなんだよ」

「だけど、あんたの望みは高すぎるよ」

「言いたいことがあるなら言えばいい、チェンバース」

「おれたちは確かにキャッツからまるまる一万せしめたよ。それはまだ持ってる。それから店の儲《もう》けも五千ぐらいにはなるだろう。だけど、この何週間かで千ドルばかりつかっちまった。コーラは故郷に帰っておふくろの葬式を出さなきゃならなかったし、おれも旅行に出たし。それでしばらく店を閉めてたんだ」

「話がしたけりゃ、いくらでもすりゃいい」

「それからこの土地と家屋を売っても一万は無理だ。このご時世だからな、五千でも売れないよ。たぶん四千がいいところだろう」

「好きなだけしゃべればいい」

「ああ。だから一万プラス四千プラス四千。しめて一万八千だ」

ケネディは銃身に向かってしばらくにやついてから顔を起こして言った。「よかろう。だったら一万八千だ。明日電話する。そのときにそれだけ用意できたかどうか確かめて、用意できてるようなら、そのあとどうするか言う。用意できてなけりゃ、あの書類はサケットのところに行く」

「厳しいけど、あんたの言うとおりにするしかないみたいだな」

「明日の十二時に電話する。十二時なら充分、銀行に行って戻ってこられるだろ？」

「わかった」

ケネディはおれに銃を向けたままドアのところまであとずさった。夕方近く、そろそろ外は暗くなりかけてた。やつがあとずさるあいだずっと、おれはいかにもみじめったらしく壁にもたれてた。が、やつの体がドアから半分出かかったところで、ネオンサインの電源を入れた。突然の光のまぶしさにやつは体を反転させた。おれはその機を逃さなかった。渾身《こんしん》のパンチをやつに叩《たた》き込んだ。やつは倒れて、おれはやつに馬乗りになって、銃をやつの手からねじり取って、部屋の中に向けて放った。そうしてもう一発ぶん殴ってやった。それからやつを部屋の中に引きずり込んで、ドアを足で蹴《け》って閉めた。コーラが店の中に立ってた。厨房の戸口に立って、ずっと聞き耳を立ててたんだろう。

「銃を拾え」

コーラは銃を拾ってまた立った。おれはケネディを立たせると、仰向けにテーブルの上に放り出して、さらに殴りまくった。やつが気を失うと、グラスに水を注いでてぶっかけてやった。そうしてやつが意識を取り戻すとすぐまたぶん殴った。そのあと、やつの顔が生肉みたいになって、最終クォーターにはいったフットボール選手みたいに見境なく泣きわめきはじめたところでやめた。

「さあ、眼を覚ませ、ケネディ。電話で仲間と話せ」

「仲間なんかいないよ、チェンバース。ほんとうだ。このことを知ってるのはおれだけだ――」

おれはまたぶん殴ってやった。最初からのやり直しになった。仲間はいないとやつは言いつづけた。おれはやつにアームロックを仕掛けて腕を絞め上げた。「よかろう、ケネディ。まだ仲間がいないと言い張るなら、この腕をへし折ってやる」

思った以上にケネディは持ちこたえた。ほんとうに折れてしまうんじゃないかと思うほど、こっちが強く絞め上げても持ちこたえた。おれの左腕は折れたところが今でもまだ弱いようだ。七面鳥の肢《あし》の第二関節を折ろうとしたことがある人なら、たぶん誰でもわかると思う。男の腕をハンマーロックで折るのはどれほど大変か。そこでいきなりケネディは電話をすると言った。おれは手の力をゆるめて、話すべきことを教えた。それから厨房の電話を使わせて、食堂の内線電話をスウィングドア越しに引っぱってきて、ケネディと相手が何を言うか、見張りながら聞けるようにした。コーラも銃を持ったまま厨房に戻った。

「おれが合図したら、こいつを撃て」

コーラは壁に寄りかかると、口元に不気味な笑みを浮かべた。おれがそれまでにやったどんなことよりその笑みがケネディをビビらせたんじゃないだろうか。

「わかった」

ケネディが電話すると、男が出た。「あんたか、ウィリー？」

「パットか？」

「おれだ。聞いてくれ。話はついた。急げばいつ持ってこられる？」

「明日ってことになってただろ？」

「それを今夜にできないか？」

「銀行が閉まってるのにどうやったら貸金庫を開けられる？」

「わかった。だったら、今からおれが言うとおりにしてくれ。明日の朝一番に取ってきたら、こっちに持ってきてくれ。おれは今やつのところにいるんだよ」

「やつのところ？」

「いいか、こういうことだ、ウィリー。おれたちから逃れられないってことはやつにもさすがにわかったわけだ。な？　だけど、金を全部払わなきゃならなくなったことをあの女が知ったら、女のほうはやつに払わせないようにするかもしれない。わかるだろ？　やつが家を出ちまったら、あの女は何かおかしいって気づくかもしれない。あるいは、自分も一緒に行くなんて言いだすかもしれない。だから、ここでやることにしたんだ。おれはやつらのオートコートに一晩泊まった客ってことにすりゃ、あの女には何もわからない。おまえは明日おれの友達としてやってくる。それですべてうまくいく」

「家を出られなくて、やつはどうやって金を取ってくるんだ？」

「それも手筈《てはず》はもう整ってる」

「それにいったいなんだってあんたがそこに一晩泊まらなきゃならないんだ？」

「そりゃ理由があるからだ、ウィリー。もしかしたらただの時間稼ぎかもしれないからだよ、やつがあの女について言ってることが。そうかもしれないし、そうじゃないかもしれない、だろ？　だけど、おれがここにいたら、ふたりとも逃げられない。わかったか?」

「この電話、やつも聞いてるのか?」

ケネディはおれを見た。おれはうなずいてみせた。「おれの眼のまえにいる。電話ボックスの中に。やつにも聞かせてやりたかったからだ。わかるだろ、ウィリー?こっちが本気だってところはちゃんとわからせないとな」

「わからせるのはいいとして、なんか妙なわからせ方だな、パット」

「いいか、ウィリー。おまえにはわからない。おれにもわからない。やつがほんとうのことを言ってるのかどうか、それはおれにもおまえにもわからない。だけど、ほんとうのことを言ってるんだとしたら、少しは言うとおりにしてやってもいいだろうが。それぐらいなんだっていうんだ。そいつが払おうとしてるんだったら、ちっとはそいつにつきあってやってもいいだろ?そういうことだ。言ったとおりにしてくれ。明日の朝できるだけ早くこっちに来てくれ。できるだけ早くな。わかるだろ?おれが一日じゅうこっちでぶらぶらしてたら、女が怪しむかもしれない。いったい何をしてるんだろうってな。そんなふうには思わせたくないからな」

「わかった」

ケネディは電話を切った。おれはやつのところまで行って、また一発ぶん殴ってやった。「ウィリーが折り返しかけてきたら、ちゃんと受け答えしろ。今のはそのための一発だ。わかったか、ケネディ？」

「わかった」

そのあとしばらく待った。電話はすぐにかかってきた。おれが受話器を取ってあとはケネディに任せた。ケネディはさっきとほぼ同じことを繰り返した。今はひとりだとも言った。ウィリーはなんだか気に入らない様子だったが、それでも受け容《い》れざるをえなかった。おれはケネディを敷地の奥にあるぼろいオートコートの一号室に連れていった。コーラも一緒にやってきた。コーラから銃を受け取って、ケネディを中に入れると、すぐドアから外に出て彼女にキスした。

「今のはピンチになっても乗り越えられるためのキスだ。聞いてくれ。おれは片時もやつから眼を離さない。一晩じゅうここにいる。また電話があったら、やつを連れていって話させる。店は開けたほうがいいだろう。ビアガーデンのほうを。店の中には誰も入れるな。やつの仲間がこっそり様子を見にくるかもしれないからな。その場合、おまえはちゃんと店を開けてて、いつもどおりにやってるように見えたほうがいい」

「わかった。あと、フランク――」

「なんだ？」

「次はもっと賢くするね。あたしの顎《あご》を一発殴ってくれる？」

「どういうことだ？」

「あたしたちはここから逃げ出すべきだった。そのことが今やっとあたしにもわかった」

「いや、逃げ出しちゃいけなかった。こういうことになるまではな」

おれのそのことばにコーラのほうからキスしてきた。「あたし、あんたがすごく好きみたい、フランク」

「うまくいくから。心配するな」

「うん、してない」

おれは一晩ずっとケネディといた。やつには食べものも与えなければ、片時も眠らせなかった。ケネディは三回か四回ウィリーと話をしなければならなくなって、一度ウィリーがおれと話をしたがった。おれの見るかぎり、そこのところはうまくやり過ごせた。電話をしてないときには何度もケネディをぶん殴った。おれとしてもきつかったが、あの書類がないとやつ自身どうにもならないということをとことんわからせたかったんだ。やつがタオルで顔の血を拭《ぬぐ》ってるあいだにも、外のビアガーデンからラジオの音が聞こえた。客の笑い声と話し声も。

翌朝の十時頃、コーラが来て言った。「こいつの仲間が来たみたい。三人いる」

「ここへ連れてきてくれ」

彼女は銃を取り上げると、まえから見ても見えないようにベルトに差して出ていった。そのあとすぐ何かが倒れたような音がした。ケネディの仲間のゴリラのひとりだった。コーラはゴリラどもを自分の眼のまえに立たせて歩かせてた。手を上げさせて、うしろ向きに。それでそのうちのひとりが踵《かかと》をコンクリートの小径《こみち》にぶつけて倒れたんだ。おれはドアを開けて言った。「こっちだ、紳士諸君」

そいつらは手を上げたまま中にはいってきた。あとからコーラもはいってきて、おれに銃を渡した。「全員銃を持ってたけど、店の中で全部取り上げた」

「こっちに持ってきてくれ。仲間はまだほかにもいるかもしれない」

コーラは部屋を出て銃を取って戻ってくると、銃の中から弾丸《たま》を抜いておれの脇《わき》のベッドの上に置いた。それからゴリラどものポケットを調べた。すぐに見つかった。笑わせるのは供述書を複写したものを入れた封筒もあったことだ。ポジが六枚にネガが一枚。こいつらはおれたちを強請《ゆす》りつづけるつもりだった。なのに、そういうものも持ってきてしまうことの馬鹿《ばか》さ加減に気づくだけの知恵すらなかったというわけだ。

おれはもとの書類と一緒に全部取り上げると、外に出てそれをくしゃくしゃにして、地面に放って、マッチを近づけた。全部燃えると、灰を地面に踏みつけて、中に戻った。

「いいだろう、諸君。お引き取り願おう。ただし鉄砲は預かっておく」

ゴリラどもを車まで歩かせて、車が走り去るのを見届けて、中に戻った。コーラはいなかった。おれはまた外に出た。外にもいなかった。二階にあがった。コーラはおれたちの部屋にいた。「なあ、やったな、おれたち？　あれで全部すんだ。複写とかも始末できた。実のところ、それが気になってたんだ」

コーラは何も言わなかった。妙な眼をしてた。「どうしたんだよ、コーラ？」

「あれで全部すんだ？　複写とかも始末できた？　あたしのほうは何も終わってないんだけど。だって、あたしはあんたが燃やしたやつとおんなじくらい鮮明な複写を百万枚持ってるようなものなんだから。コメディアンのジミー・デュランテの台詞《せりふ》じゃないけど、百万も持ってるのよ。そんなあたしが悔しがると思う？」

コーラはいきなり声を上げて笑いだすと、ベッドに身を投げ出した。

「いいだろう。おまえがそれほどの馬鹿女だというなら、おれを窮地に陥《おとしい》れるためだけに自分から首吊《くびっ》りの輪っかに首を突っ込みたいなら、そりゃ百万でも持ってることになるだろうよ。確かにおまえは持ってるよ、百万であれなんであれ」

「そうはならないってこと。そこがこのことのいいところよ。あたしは首吊りの輪っかになんか首を突っ込まなくていいのよ。ミスター・キャッツの言ったこと、聞いてなかったの？　過失致死の判決が一度くだったら、警察もそれ以上あたしには何もできないってこと。それは憲法か何かに書いてあるのよ。だから、あんたが今言ったことはあんたの考えちがいってものなのよ、ミスター・フランク・チェンバース。あんたを宙吊りにしてダンスさせても、あたしにはなんの損もないのよ。そう、それがこれからあんたのすることよ。あんたはこれから宙吊りのダンスをするのよ。ダンス、ダンス、ダンスを」

「いったいどうしたって言うんだ？」

「わからない？　ゆうべあんたのお友達が来たのよ。そのお友達、あたしのことなんかなんにも知らなかった。結局、ゆうべはここに泊まってったけど」

「おれの友達？」

「あんたがメキシコに一緒に行った友達。彼女、なんでもしゃべったわ。今ではあたしたち、いい友達よ。彼女としてもあたしとはいい友達になったほうがいいと思ったのね。あたしがどういう女かわかったら、彼女、あたしに殺されるんじゃないかって思ったみたいだから」

「メキシコなんかもう一年は行ってないよ」

「いいえ、行ったのよ」

そう言って、コーラは部屋を出ていった。おれの部屋にはいる音が聞こえた。戻ってきたとき、彼女は猫を抱えてた。といっても、普通の猫よりでかい猫だ。灰色をしてて斑《まだら》の模様があった。おれのまえのテーブルの上に彼女に置かれて、そいつはニャーニャーと鳴きはじめた。「あんたがいなくなったあと、ピューマが子供を産んだんだそうよ。で、彼女のことをあんたが忘れないようにってこの一匹を持ってきたわけ」

コーラは壁にもたれると、また笑いだした。狂ったようなけたたましい笑い声だった。「また猫ね！　ヒューズ・ボックスに落っこちて死んだと思ったらまた戻ってきた！　はははははは！　可笑《おか》しくない？　あんたにとって猫ってどこまで縁起の悪い生きものなの、ええ？」

15

コーラは急に笑いだしたり泣きだしたりを繰り返したあと、おとなしくなって階下《した》に降りていった。おれも彼女のすぐあとから降りた。彼女は大きなボール箱の上蓋《うわぶた》を破いて剝《は》がしてた。

「あたしたちの可愛《かわい》いペットのねぐらをつくってるのよ、坊や《ディアリー》」

「それはそれは」

「あたしが何をしてると思った？」

「別に」

「心配しないで。サケットに電話するときが来たら知らせるから。今は楽にしてなさいな。あとで力が必要になるから」

コーラは、ボール箱の内側を梱包《こんぽう》用の詰めもので裏打ちしてから毛織りの布をその上にかぶせると、それを持って階上《うえ》にあがって、ピューマをその中に入れた。ピューマはしばらくニャーニャーと鳴いてたが、そのうち寝た。おれはコカコーラを飲みに階下《した》に降りた。薬用のアンモニアをコカコーラにちょこっと入れたところで彼女も降りてきて戸口に立った。

「元気づけに何か飲もうと思ってな、お嬢ちゃん《ディアリー》」

「それはそれは」

「おれが何をしてると思った？」

「別に」

「心配しないでいい。ずらかるときが来たら知らせるから。今は楽にしてるこった。あとで力が必要になるから」

コーラは奇妙な眼でおれを見てからまた階上《うえ》にあがった。その日は丸一日ずっとそんな調子だった。おれは彼女がサケットに電話をしやしまいかと彼女のあとをついてまわり、彼女は彼女でおれが逃げやしまいかとおれのあとをついてきた。店は開けなかった。そうやってこそこそし合う合間、階上《うえ》の部屋で一緒に椅子《いす》に坐《すわ》ることもあった。互いに眼を向けることもなく。ふたりともピューマを見て過ごした。そいつが鳴くと、彼女が階下《した》にミルクを取りにいった。おれはついていった。そいつはミルクを飲むと寝た。遊んだりするにはまだ幼すぎるんだろう。だいたい鳴くか眠るかしてた。

その夜、並んで横になった。でも、お互いひとことも話さなかった。少しおれは眠ったんだろう、あの夢を見たところを見ると。そのあといきなり眼が覚めた。まだきちんとは目覚めないうちから、おれは階段を駆け降りてた。電話のダイヤルをまわす音で眼が覚めたんだ。コーラは店の内線電話を使ってた。すっかり服を着て、帽子もかぶってた。あれこれ詰まった帽子の箱が足元に置かれてた。おれは受話器をつかみ取ると、叩《たた》きつけるようにして架台に置いた。そして、コーラの両肩をつかんで、スウィングドアを抜けて、二階に無理やり押しやって言った。「階上《うえ》に行け！　階上《うえ》に行ってろ！　さもないと――」

「さもないと、何？」

電話が鳴って、おれが出た。

「あんたがかけた番号はまちがってないから用件を言ってくれ」

「タクシーの〈イエロー・キャブ〉ですけど」

「ああ、そうそう、電話したんだけど、気が変わってね。車は要らなくなった」

「わかりました」

階上《うえ》にあがると、コーラは服を脱いでた。おれたちはまたベッドに戻って横になった。また長いこと黙りこくったあとでコーラが始めた。

「さもないと、何？」

「おまえをどうするかって？　たぶんおまえの顎《あご》をぶん殴るか。それとももっと別なことをするか」

「ほんとはその別なほうだった。ちがう？」

「今度は何が言いたい？」

「フランク、あたしにはわかってるのよ、あんたが何をしようとしてるか。あんた、寝そべってずっと考えてたんでしょ、どうやってあたしを殺そうかって」

「おれは眠ってたんだよ」

「嘘《うそ》を言わないで、フランク。なぜってあたしはあんたに嘘は言わないから。それと、あんたに言わなくちゃならないことがあるから」

ほんとはずっとおれはそのことを考えてた。それがまさにおれのしてたことだった。コーラの横に寝そべって、ひたすらコーラを殺す方法を考え出そうとしてたんだ。

「わかったよ、おまえの言うとおりだ」

「あたしにはわかってた」

「おまえのほうはちがったのか？　おまえだっておれをサケットに突き出すつもりだったんじゃないのか？　それっておれが考えてたこととおんなじことなんじゃないの

か？」

「そうね」

「だったらおれたちはお相子だ。またお相子になった。これでスタート地点にまた戻ったな、おれたち」

「そうとも言えない」

「いいや、言えるね」そう言って、おれはいきなりちょっとだけ声に出して笑い、おれのほうから彼女の肩に頭をのせた。「それが今おれたちのいるところだ。好きなだけ自分を甘やかすことができて、金のことで笑うことができて、ベッドをともにするには悪魔ってのはなんていかしたやつなんだなんて大声で触れまわることもできる。だけど、そう、それが今おれたちのいるところだ。コーラ、おれはあの女とずらかろうとした。ニカラグアへ猫を捕まえにいこうとした。だけど、どうして行かなかったのか。それはどのみち帰らなきゃならなくなることがわかってたからだ。おれたちはお互い鎖でつながれてるんだよ、コーラ。おれたちは山のてっぺんにいるんだって思った。でも、そうじゃなかった。山がおれたちの上に乗っかってるんだよ。あの夜以来ずっとな。そう、おれたちの上に山が乗っかってるんだよ」

「それだけの理由で戻ってきたの？」

「いや。いるのはおまえとおれだけ。ほかには誰もいない。コーラ、おれはおまえを愛してる。だけど、愛っていうのはその中に恐怖が交じると、もう愛じゃなくなっちまう。それはもう憎しみでしかなくなっちまう」

「それであんたはあたしを憎んでるの？」

「わからない。だけど、今おれたちは真実をしゃべってる、おれたちの人生で今だけは。愛には憎しみもある。そのことは知っておかなきゃならない。おれが寝そべって、あれこれ考えちまったのはそのためだ。でも、これでおまえにもわかっただろ？」

「あなたに話さなくちゃならないことがあるって、あたし、言ったよね、フランク」

「ああ」

「赤ちゃんができたの」

「なんだって？」

「故郷《くに》に帰るまえから気になってて、お母さんが死んだあとはっきりわかったのよ」

「こりゃ驚いた。いやいや、驚いた。こっちに来いよ。キスしてくれ」

「駄目。聞いて。そのことについてはちゃんと話さないと」

「もう話したんじゃないのか？」

「いいえ、そういうことじゃない。いいから聞いて、フランク。故郷《くに》にいるあいだずっと、お葬式が終わるのを待ちながらずっと、あたしはこのことを考えてた。これってあたしたちにどういう意味があるんだろうって。だってあたしたち、人ひとりの命を奪ったわけでしょ？　だから思ったの、今度はひとつ命を返すことになったんじゃないかって」

「確かにな」

「そのとき考えたことは何もかもごちゃまぜだったけど。でも、あの女とのことがあって、今はもうごちゃまぜじゃなくなった。フランク、あたしはサケットに電話できなかった。そう、電話できなかった。そんなことをしたら赤ちゃんを産めなくなるから。だって赤ちゃんに言うわけにはいかないもの——母親が父親を殺人罪で死刑台に送り込んだなんて、そんなこと、絶対に赤ちゃんに教えるわけにはいかない」

「それでもおまえはサケットに会いにいくつもりだった」

「いいえ、行くつもりはなかった。あたしは逃げ出そうとしてたのよ」

「それだけがサケットに会いにいかなかった理由だったのか？」

コーラは長いこと考えてから答えた。「いいえ。あんたを愛してるからよ、フランク。わかってると思うけど。でも、もしかしたら、赤ちゃんのことがなかったら、あの人のところに会いにいってたかもしれない。でも、その理由も変わらない。あんたを愛してるからよ」

「あの女はおれにはなんの意味もなかったんだ、コーラ。なんであんなことしたのかはもう言ったよな。おれは逃げたかったんだ」

「わかってる。それはずっとわかってた。あんたがどうしてあたしをここから連れ出したがったのか、それもよくわかってた。でも、あんたのことを根なし草って言ったけど、本気じゃなかった。本気だったかもしれないけど、でも、そのためにあんたは逃げ出したかったんじゃない。あんたは根なし草かもしれないけど、それだからこそ、あたしはあんたを愛してるのよ。あんたはあの女には関係ないことはしゃべらなかった。あの女はそんなことだけであんたを見かぎった。あたしはそんなふうなことをするあの女が憎かった。なのに、その憎さのためにこそあんたを破滅させたかった」

「で？」

「あたしはほんとうのことを言おうとしてるのよ、フランク。これがあたしの言いたいことよ。あたしはあんたを破滅させたかった。でも、サケットのところへは行けなかった。それはあんたがあたしを見張ってたからじゃない。行こうと思えば、サケットのところへなんかいくらだって行けた。でも、どうして行かなかったのか、それはもう話したよね。でも、それであたしは悪魔を厄介払いできたのよ、フランク。あたしはサケットにはもう絶対電話しない。だって、あたしには電話するチャンスも理由もあったのにしなかったんだから。悪魔はもうあたしから去っていったわ。あんたのほうはどう？」

「おまえから去っていったのなら、おれがそんなものにこれ以上どんな用がある？」

「それは断言はできないことよ。あんたにもチャンスが来るかもしれないんだから。あたしにあったのとおんなじチャンスが。そのときまではあたしたち、確かなことは何も言えない」

「言っただろうが。悪魔はもうどっかに行っちまったって」

「あんたがあたしの殺し方を考えてるとき、フランク、ほんとはあたしもおんなじことを考えてた。あんたはあたしをどんなふうに殺すんだろうって。あんたは泳ぎにいってあたしを殺すかもしれないって思った。まえみたいに沖まで泳いでいって、そこであたしをもう陸に帰したくなくなったら、あんたはただそうすればいい。そうすれば誰にもわからない。海でよく起きる事故のひとつになるだけよ。明日の朝、行こうよ」

「明日の朝おれたちがやることは結婚だ」

「あんたがしたいなら結婚してもいいわ。でも、ここに帰ってくるまえに海に泳ぎにいこうね」

「海なんかどうでもいい。来てくれ。おまえのあのキスをしてくれ」

「明日の夜、ここに帰ってきたら、いっぱいしてあげる。素敵なキスをね、フランク。酔っぱらったキスじゃなくて。夢のあるキスをね。死からじゃなくて命から生まれるキスをね」

「約束だぜ」

おれたちは市役所で結婚の手続きをしてからビーチに行った。コーラはすごく可愛《かわい》かった。おれはそんなコーラとただ砂遊びだけやってたかった。だけど、彼女はあの小さな笑みを顔に浮かべると、しばらくして立ち上がって海のほうへ出ていった。

「泳いでくる」

コーラが先を行き、おれはそのあとを追った。コーラは泳ぎつづけた。まえのときよりずっと遠くまで泳いだ。そこで泳ぐのをやめた。おれは追いついた。彼女は体の向きを変えておれの脇《わき》にやってくると、おれの手を取った。おれたちは見つめ合った。そのとき彼女にもわかったんだろう。悪魔がほんとうに去ったことが。おれがほんとに彼女を愛してることが。

「どうして足を波に向けるのが好きか、話したっけ？」

「いいや」

「波が持ち上げてくれるからよ」

大きな波がやってきて自分の背中におれたちを乗せた。コーラは手を自分の乳房にやって波が乳房を持ち上げてるさまを示した。「これが好きなの。あたしのおっぱい、大きいかな、フランク？」

「その答は今夜言ってやるよ」

「大きく感じるの。そのことも言ってなかったよね。それって新しい命を宿したことがわかったからだけじゃなくて、実際、新しい命がそうするのよ。おっぱいがすごく大きくなったみたいに感じるのよ。そんなおっぱいにあんたにキスしてほしい。あたしのお腹《なか》もすぐに大きくなる。あたしはそんな大きなお腹が大好き。みんなに見てほしいくらい。だってそれは命なんだから。その命を今あたしは自分の中に感じる。あたしたちふたりのための新しい命よ、フランク」

おれたちはそのあと戻った。途中、おれは水の中にもぐった。九フィートもぐった。水圧から九フィートだとわかった。たいていのプールがその深さだ。おれは両脚を同時に鞭《むち》のようにしならせて、さらにもぐった。耳に水圧がかかって、鼓膜が破れそうな気がした。それでも浮き上がらなくてもよかった。肺にかかる圧力が酸素を血流に送り込むから、息をすることはしばらく忘れてられる。おれは青い水の世界を眺めた。耳ががんがん鳴り響いてて、背中と胸には水圧がかかってた。おれの人生における悪魔の所業も卑《いや》しさも不甲斐《ふがい》なさも瑣末《さまつ》なことも何もかも、水圧に押されて、おれの体から洗い流されていくような気がした。彼女との再出発に向けて、気持ちがきれいにみなぎった。彼女が言ったことをすることに向けてみなぎった。新しい命を持つことに向けてみなぎった。

水面に上がると、彼女がひどく咳《せ》き込んでた。「ただの発作よ。よくあるの」

「大丈夫か？」

「と思う。こんなふうに急になってもまたすぐ治まるのよ」

「水を飲んじまったのか？」

「いいえ」

しばらく泳いだところで、泳ぐのをやめて彼女が言った。「フランク、なんか体の中が変な感じ」

「さあ、おれにつかまれ」

「ああ、フランク、さっき無理しすぎたのかもしれない。頭をずっと持ち上げていようとして。海水を飲んだりしないようにって」

「だったら無理するな」

「恐ろしくない？　流産しちゃった女の人の話を聞いたことがあるんだけど。無理しすぎて流産しちゃった女の人の話よ」

「だから無理するなって。水面にただ体を浮かべるんだ。泳ごうとするな。おれが引っぱってってやるから」

「監視員を呼んだほうがよくない？」

「馬鹿《ばか》な。やつらはおまえの足をポンプみたいに上げたり下げたりしたがるだけだ。とにかく浮かんでろ。おれがやつらよりずっと早く引っぱってってやるから」

コーラは水面に仰向けになった。おれは彼女の水着の肩のストラップを持って引っぱった。すぐに疲れだした。一マイルでも引っぱれただろうが、コーラを病院に連れていかなきゃならないという思いが頭から離れなくて、焦《あせ》ったせいだ。水の中で焦ると沈む。それでもしばらくして足がつくところまで来ると、おれは彼女を抱えて、波を押しのけて岸に急いだ。「動くなよ。おれが全部するから」

「動かない」

セーターを脱いだところまでコーラを抱いたまま駆け上がって、そこに彼女を降ろした。自分のセーターから車のキーを取り出すと、ふたりのセーターで彼女の体をくるんで車のところまで彼女を連れていった。車は土手になってる道の脇に停めてあったんで、ビーチからだいぶ高いところにある土手をのぼらなきゃならなかった。脚が悲鳴を上げた。一歩一歩、足を持ち上げるだけで一苦労だった。それでもコーラを落としたりはしなかった。彼女を車に乗せると、エンジンをかけてフルスピードで走った。

おれたちが泳いだ場所はサンタ・モニカから北に数マイルのところで、病院はサンタ・モニカにあった。すぐに大型トラックに追いついた。トラックの後部に〝クラクションをどうぞ。お先にどうぞ〟という表示が出てた。おれは思いきりクラクションを鳴らした。だけど、トラックは脇に寄ろうともしなかった。対向車がずっと続いてて、左車線から追い越すのは無理だった。おれは目一杯右に寄ってアクセルを踏み込んだ。コーラが悲鳴を上げた。おれは下水溝の塀をまるで見てなかった。ぶつかるなり、すべてが真っ暗になった。

気がつくと、体がうしろ向きになってた。ハンドルの脇にはさみ込まれてた。が、うめき声を洩《も》らしたのは、聞こえてきた音の恐ろしさのせいだ。雨がブリキの屋根を叩《たた》くような音だった。でも、そうじゃなかった。コーラの血の音だった。フロントガラスを突き抜けたコーラがボンネットに垂らしてる血の音だった。クラクションがあちこちで鳴り響いてた。人々が車を飛び降りて、彼女のほうに走ってきてた。おれは彼女を起こした。血を止めようとした。そうしながら話しかけた。泣きながら彼女にキスをしつづけた。だけど、そのキスはもう彼女には届かなかった。コーラはもう死んでた。

16

おれはこの事故ではもうどうすることもできなかった。キャッツは今回すべてを手に入れた。おれたちのために分捕ってくれた一万ドルも、おれたちが店で稼いだ金も、土地と家屋の権利書も。おれのためにベストは尽くしてくれたが、初めから負けは決まってた。サケットはおれのことを狂犬呼ばわりした。ほかの人間の命が安全なうちに処分しなきゃならない狂犬だと言った。そして、彼なりにすべて読み解いてた――おれとコーラは金のためにギリシア人を殺した。そのあとおれはコーラと結婚して、財産をひとり占めできるようコーラも殺した。コーラの殺害は彼女にメキシコ旅行を知られたために少し早められた。サケットは検死解剖からコーラが妊娠してたことを示して、それもおれの殺人の動機になったと説明した。サケットはマッジを証人に喚問してて、彼女はメキシコ旅行のことを話した。彼女としては話したくなかったんだと思うが、話さないわけにはいかなかったんだろう。サケットはピューマまで法廷に持ち込んだ。大きくなってたが、ちゃんとした世話がされてないようで、みすぼらしくなってた。病気にかかってるようで、もの悲しげな鳴き声を上げて、サケットに咬《か》みつこうともした。見ていてぞっとするような代物《しろもの》で、それがまたおれに対する心証を悪くした。いや、ほんとうに。だけど、おれがとことんやられたのは、コーラがタクシーを呼ぶまえに書いた書き置きだった。それは、朝おれが気づくようにレジの中に入れてあったんだが、そのあと本人も忘れちまったんだろう。おれは見たことがなかった。おれたちは泳ぎにいくまえには店を開けなかったし、おれもレジの中なんか見もしなかったからだ。それはこの世で一番甘くてやさしい書き置きだったけど、ギリシア人殺しのことも書かれてて、それが決め手となった。その書き置きをめぐっては、裁判では双方が三日間にわたってやり合った。キャッツはロスアンジェルス郡のあらゆる判例を引っぱり出してきて抗弁したけど、判事はその書き置きも証拠に採択した。だから、おれとコーラがギリシア人を殺したこともすべて裁判の関連事項になっちまった。サケットはその書き置きが今回の動機にもなったと言った。その動機とおれが狂犬であるせいで今回の事件が起きたんだと。キャッツはおれを証人台に一度も立たせなかった。だいたいおれに何が言えた？　おれはやっちゃいないよ、だって、おれたちはギリシア人を殺したことから起きたトラブルの数々をすべてうまく処理したところだったんだから、とでも？　そんな証言をしてたら面白くはあっただろうが。

陪審は五分しか退席しなかった。判事はほかのあらゆる狂犬にするのとまったくおんなじ斟酌《しんしゃく》をおれにもすると言った。

で、おれは今、死刑囚監房にいて、この手記の最後のところを書いてるわけだ。マッコネル神父に見てもらって、句読点とか、ちょっと直したほうがいいところを指摘してもらえるように。もし刑の執行が延期されたら、神父はこの手記をしっかり保管して、様子を見てくれることになってる。もし減刑されたら、神父がこれを焼き捨てることになってる。その場合、ほんとに殺人があったのかどうか、それはおれが話すことからはもう何もわからなくなる。でも、結局、死刑になったら、神父はこの手記を持って、どこか出版してくれるところを探してくれることになってる。刑の延期も減刑もないだろう。おれにはそれがわかる。自分を騙《だま》そうとは思わない。それでもこういうところにいると、どのみち期待するものだ。期待しないわけにはいかないという、ただそれだけの理由から。おれは自白はしてない。それがひとつ。あともうひとつは、自白なしに吊《つ》るされることはないってある男から聞いたことがあるからだ。それがほんとか嘘《うそ》かはわからないが。マッコネル神父がおれを裏切らないかぎり、警察もおれからは何も知りえない。だから、もしかしたら刑は延期になるかもしれない。

だんだん落ち着かなくなってる。コーラのことばかり考えてる。おれはやってない。そのことをコーラは知ってるだろうか。海で泳いだときにおれたちが言い合ったことを思えば、知ってるはずだ。だけど、そこが人殺しに関わることの恐ろしいところだ。もしかしたら、車がぶつかったとき、コーラの頭に一瞬でもよぎったかもしれない。ひょっとしておれにやられたんじゃないかって思ったかもしれない。この世のあとのあの世があればいいのにって思うのはそのためだ。マッコネル神父が言うには、あるそうだ。コーラに会いたい。会ってわからせてやりたい。お互い言い合ったことは全部ほんとうのことで、おれはやってなんかいないっていうことをわからせてやりたい。彼女が持ってた何かがおれにそんなふうに思わせる。それはなんだったのか、わからないけど。彼女は何かを欲しがってて、それを手に入れようとしてた。やり方はまるっきりまちがってたけれど、それでも手に入れようとはしてた。おれに関しておれの何が彼女にあんなふうに思わせたのか。それもおれにはわからない。なぜなら、彼女はおれという人間を知ってたからだ。実際、彼女はおれのことを役立たずだと言って何度も罵《ののし》った。ほんとのところ、おれは何も欲しくなかった。彼女以外は何も。だけど、それってすごいことだ。でもって、男にそんなふうに思わせるものを持ってる女って、そうざらにはいないと思う。

七号監房に兄貴か弟を殺したやつがいる。そいつはほんとは自分がやったんじゃなくて、自分の潜在意識がやったんだって言ってる。どういう意味なのかそいつに訊《き》いたら、そいつが言うには、人間の心には自分がふたりいて、自分が知ってる自分と自分の知らない自分がいて、自分の知らない自分が潜在意識なんだそうだ。その話を聞いて、おれはぞっとした。おれはほんとはやってるのに、そのことを知らないのか？冗談じゃない。そんなことは信じられない！　おれはやってない！　おれはそれほど彼女を愛してたんだから。言っておくが、おれは彼女のためなら死ぬことだってできたんだから！　潜在意識なんぞくそ食らえだ。そんなものは信じない。そんなのはたわごとだ。判事を騙せると思って、そいつが思いついたたわごとだ。自分のしてることぐらい誰にでもわかる。だからやるんだろうが。おれはやらなかった。だからそのことを知ってる。おれはコーラにそう言うつもりだ。彼女にまた会えたら。

今は神経がひどくたかぶってる。刑務所じゃ食いものに何か薬を混ぜてるんじゃないだろうか。死刑囚があのことを考えないように。おれも考えないようにしてる。それができてるときにはいつもおれはコーラと外にいる。頭の上には空があって、まわりは水に囲まれてて、これから自分たちはどれほど幸せになれるか、ふたりで話し合ってるんだ。幸せがどんなふうに永遠に続くか。彼女と一緒のとき、おれは大きな川にいる。そんなときにはあの世が現実みたいに感じられる。それはマッコネル神父が説明してくれたみたいなあの世とはまるでちがうあの世だ。彼女と一緒のとき、おれにはあの世が信じられる。だけど、頭で考えはじめると、すべてがぼうっとしてしまう。

刑執行の延期はなかった。

彼らがやってくる。祈りが救いになるとマッコネル神父は言う。ここまでつきあってくれたのなら、みんなもひとつおれとコーラのために祈ってくれ。おれたちが一緒になれるように。一緒になれるその場所がどこであろうと。

訳者あとがき

本書はジェームズ・M・ケインの不朽の名作『郵便配達は二度ベルを鳴らす』の新訳版である。

物語そのものはいたって単純だ。警察の世話に何度もなっているやくざな風来坊が、美人とは言えなくても肉感的な人妻に一目惚《ひとめぼ》れし、その人妻と結託して厄介者の亭主を殺そうとする。その試みに一度は失敗するものの、二度目には成功する。さて、そんなふたりにはどんな結末が待っているのか――単純にして、現実の世にもごまんとありそうな、いかにも月並みなすじだてである。加えて、この風来坊フランクと若妻コーラのカップル自体、どこにでもいそうな月並みな男女だ。行きあたりばったりの人生しか考えておらず、ほかの女にも心が惹《ひ》かれたりする若い男と、殺人をそそのかしはするものの、ひとりの男を一途《いちず》に愛し、現実を堅実に生きようとする若い女。頼りにならない男としっかり者の女。これまたいかにもステレオタイプの男と女の取り合わせ、組み合わせである。舞台もなんの変哲もないロスアンジェルス近郊の街道沿いの安食堂。よくもまあここまでと言いたくなるほど凡庸な設定だ。

殺される亭主にはなんの非もない。あまりに鈍感で少々うざったいところはあるものの、好人物だ。ふたりはそんな人物をただ自分たちのエゴを満足させるだけのために無慈悲に惨殺《ざんさつ》するのである。弁解の余地などどこにもない。まさに鬼畜の所業だ。神の裁きも法の裁きも受けて当然だろう。本書に描かれているのと同じ事件が今の時代に現実に起きて、それを新聞やテレビの報道で知らされたら、誰もがそう思うことだろう。

ところがどっこい、そうはならない。本書を読んで、もしそう思われた読者がおられたとしたら、おそらくそういう読者のほうが圧倒的少数派ということになるのではないだろうか。確かにふたりが犯したことは赦《ゆる》しがたい大罪だ。それでも、このふたりは憎めない、むしろ好ましく思える、というのが大方の感想ではあるまいか。読みおえてみると、多くの読者が、身勝手きわまりないフランクの最後の願いを聞き届け、ふたりのために祈ってやりたくなっているのではないだろうか。ここがなによりすばらしい。ありふれた〝現実〟を描きながら、人が自明の理のように勝手に思い込んでいる〝現実〟が虚構の中で見事にひっくり返っている。

そうしたいわば文学のマジックを成立させている一番の要因は、やはりフランクとコーラのキャラクター造形だろう。最初に書いたとおり、ふたりとも実にありふれた男女だ。が、ありふれた中に不思議な魅力を備えている。フランクは世故に長《た》けていそうで、その実、なぜか金にはいたって無頓着《むとんちゃく》な男である。それはもう清々《すがすが》しいほどに。一方、コーラは都会に出てきた田舎娘で、こつこつと真面目《まじめ》に働くことだけを考えている。それもこれもひとりの男を愛し、まともな暮らしをしたいがためで、その姿はむしろひたむきで健気《けなげ》だ。本書はいわゆる悪女《ファム・ファタール》ものとして取り上げられることが多いが、コーラのどこが悪女なのだろう？　まっとうな男の人生を狂わせ、破滅させるのが悪女というなら、フランクはそもそもまっとうな男ではないし、コーラに出会おうと出会うまいと、きっといつかどこかで破滅していただろう。

月並みを描いて月並みとはまったく無縁のところまで行き着いてしまった物語。月並みが普遍に昇華している奇跡的な物語。それが本書だ。発表されたのは一九三四年、今からちょうど八十年もまえの作品ながら、少しも古びていない。時代背景などまったく知らなくても誰でも存分に堪能《たんのう》できる。時代を超えて人の心にストレートに訴える力を持つ文芸作品の大いなる遺産である。

本書のタイトル――原題は The Postman Always Rings Twice（郵便配達人はいつも二度ベルを鳴らす）――だが、郵便などどこにも出てこないのに、どうしてこんなタイトルなのか、気になった読者もおられることだろう。実際、これまでにもあちこちで話題になったことだが、著者ケイン自身が語っているところによると、親しいシナリオライター、ヴィンセント・ローレンスとの会話で、ローレンスが口にしたことばをそのままタイトルにしたそうだ。ローレンスは自分のシナリオに対するプロデューサーの返事を待つ身の辛《つら》さを嘆いていた。返事の郵便が届くのをどうしても窓から外を見て待ちわびてしまう。しかし、それをやめても、郵便が届くとすぐにわかってしまう。なぜなら〝郵便配達はいつも二度ベルを鳴らす〟から。ケインはすでにそのとき本書を書いており、何かひらめくものがあったのだろう、友のその最後のことばに飛びついた。

かくしてそれがそのまま本書のタイトルになったわけだが、どうということはないのに妙に心に残るフレーズだ。日本語にそのまま訳しても、気の利《き》いたタイトルになっている。加えて、〝二度〟が本書のライトモチーフになっているところが実に見事だ。まず第一にフランクとコーラは一度失敗した殺人を二度目で成功させる。一度目の殺人未遂現場には同じ警察官が二度やってくる。ふたりが実際に殺人を犯す現場では、ニックがこだま――一度発した声がもう一度聞こえる――を面白がるシーンが描かれる。フランクは二度目の交通事故で宿命的な皮肉な裁きを受ける。〝二度〟がそここできらきらと輝いている。ついでながら、原題には〝いつも〟ということばが含まれているが、語呂《ごろ》のよさを採って邦題では省いた。

ケインは日本に紹介されてすでに久しい作家だが、簡単に触れておくと——一八九二年、東部のメリーランド州アナポリスの生まれで、一九七七年没。父親は大学の学長、母親はオペラ歌手というインテリ家庭に育ち、少年時代にはオペラ歌手をめざした。また、父親の大学の教壇に立ち、数学と英語学を教えたこともある。死後発見された遺作『カクテル・ウェイトレス』（拙訳。新潮文庫）を含めると、長篇は全部で十九作書いているが、代表作はやはり、一九三四年、四十二歳になってやっとものすることができた本書だろう。本書に対する当時の世評は、一部の批評家と作家には支持されながらも、大方の批評家には酷評され、大衆からは熱愛される、といったもので、そうした毀誉褒貶《きよほうへん》は彼に終生ついてまわる。たとえば、ハードボイルド御三家のひとり、レイモンド・チャンドラーはケインのことを〝文学の屑肉《くずにく》〟とまでこき下ろしている。一方、御三家のもうひとり、ロス・マクドナルドは、西海岸を描くケインの筆致の巧みさはチャンドラーでさえ適《かな》わないと絶賛している。どちらにも言い分がありそうだが、少なくとも本書に関するかぎり、〝文学の屑肉〟とは、この傑作の奇跡がわからなかった当時の批評家たちのことだろう。

大衆受けしたということから想像できるとおり、ケインの作品は何作もハリウッド映画の原作になっており、『殺人保険』が映画化（邦題『深夜の告白』）されたときには、監督のビリー・ワイルダーとともにチャンドラーが脚色を担当した。有名な皮肉な話である。『郵便配達』のほうは、フランス映画にもイタリア映画（ルキノ・ビスコンティ監督）にもなっていて、本国アメリカでは二度映画化されている。フランス版は見たことがないのだが、ほかの三作を見るかぎり（どれもDVD化されている）これが同じ原作かと思うほど作風がそれぞれ異なるところが面白い。

それは邦訳についても言える。翻訳者にしてハードボイルド研究の日本の第一人者である小鷹《こだか》信光氏をはじめ、これまでに六人もの訳者が訳しておられるのだが、これまた面白いほどそれぞれ訳風が異なるのだ。訳された時代のせいもあるだろうが、それだけこの『郵便配達』は懐《ふところ》が深い作品ということだろう。

最後に楽屋話を少々――本書の訳出に際しては、邦訳も数多いイギリス在住のミステリー作家、マイクル・Z・リューイン氏に得がたい教示をいくつも受けた。原著の英文の読解だけでなく、本来翻訳者の仕事である調べものでも世話になった。たとえば、作品の最後のほうで、フランクがコカ・コーラに薬用アンモニアを入れて飲むシーンが出てくるが、読者のみなさんも奇異に思われたのではないだろうか。もっと言えば、こいつ誤訳をしてるんじゃないかと。これはさすがにリューインさんもご存知なかった。が、ネットで検索して、当時のコーラのさまざまな飲み方を記した新聞記事を見つけてくださった。滋養強壮を目的に一九三〇年代当時にはこういう飲み方があったそうだ。ご関心の向きはどうぞご覧あれ。(http://www.highlandparksodafountain.com/content/75-9.pdf)。

いずれにしろ、リューイン氏には大いに助けられた。改めて謝意を表しておきたい。最後の最後に私事ながら――訳者がこの『郵便配達』を初めて読んだのは今からほぼ半世紀もまえのことだ。田中西二郎訳の新潮文庫だった。以来どういうわけかずっと心に残った。そんな作品を訳すという機会が与えられたのは僥倖《ぎょうこう》以外の何物でもない。訳者冥利《みょうり》に尽きる。若井孝太氏はじめ新潮社の方々に心から感謝する。

(二〇一四年五月)

T・R・スミス
田口俊樹訳
チャイルド44（上・下）
CWA賞最優秀スリラー賞受賞

連続殺人の存在を認めない国家。ゆえに自由に凶行を重ねる犯人。それに独り立ち向かう男――。世界を震撼させた戦慄のデビュー作。

T・R・スミス
田口俊樹訳
グラーグ57（上・下）

フルシチョフのスターリン批判がもたらした善悪の逆転と苛烈な復讐。レオは家族を守るべく奮闘する。『チャイルド44』怒濤の続編。

T・R・スミス
田口俊樹訳
エージェント6（上・下）

冷戦時代のニューヨークで惨劇は起きた――。惜しみない愛を貫く男は真実を求めて疾走する。レオ・デミドフ三部作、驚愕の完結編！

B・テラン
田口俊樹訳
暴力の教義

武器を強奪した殺人者と若き捜査官。革命前夜のメキシコに同行潜入する二人は過去を共有していた――。鬼才が綴る〝悪の叙事詩〟。

G・D・ロバーツ
田口俊樹訳
シャンタラム（上・中・下）

重警備刑務所を脱獄し、ボンベイに潜伏した男の数奇な体験。バックパッカーとセレブが崇めた現代の『千夜一夜物語』、遂に邦訳！

U・ウェイト
鈴木恵訳
訣別のトリガー

これで全てが終わるはずだった。しかし、最後の仕事で殺し屋は男を逃してしまう。家族を守るために、殺しを続けざるを得ないのか。

J・アーチャー
永井淳訳
百万ドルをとり返せ！
株式詐欺にあって無一文になった四人の男たちが、オクスフォード大学の天才的数学教授を中心に、頭脳の限りを尽す絶妙の奪回作戦。

J・アーチャー
永井淳訳
ケインとアベル（上・下）
私生児のホテル王と名門出の大銀行家。典型的なふたりのアメリカ人の、皮肉な出会いと成功とを通して描く〈小説アメリカ現代史〉。

J・アーチャー
戸田裕之訳
遥かなる未踏峰（上・下）
いまも多くの謎に包まれた悲劇の登山家マロリーの最期。エヴェレスト登頂は成功したのか？　稀代の英雄の生涯、冒険小説の傑作。

J・アーチャー
戸田裕之訳
15のわけあり小説
面白いのには〝わけ〟がある――。時にはくすっと笑い、騙され、涙する。巨匠が腕によりをかけた、ウィットに富んだ極上短編集。

J・アーチャー
戸田裕之訳
時のみぞ知る（上・下）
―クリフトン年代記　第1部―
労働者階級のクリフトン家、貴族のバリントン家。名家と庶民の波乱万丈な生きざまを描いた、著者王道の壮大なサーガ、幕開け！

J・アーチャー
戸田裕之訳
死もまた我等なり（上・下）
―クリフトン年代記　第2部―
刑務所暮らしを強いられたハリー。彼の生存を信じるエマ。多くの野心と運命のいたずらが二つの家族を揺さぶる、シリーズ第2部！

J・グリシャム
白石朗訳
自白（上・下）
死刑執行直前、罪を告白する男——若者は冤罪なのか？ 残されたのは四日。深い読後感を残す、大型タイムリミット・サスペンス。

J・グリシャム
白石朗訳
巨大訴訟（上・下）
金、金、金の超大手事務所を辞めた若き弁護士デイヴィッド。なのに金の亡者群がる集団訴訟に巻き込まれ……。全米ベストセラー！

T・クランシー
G・ブラックウッド
田村源二訳
デッド・オア・アライヴ（1〜4）
極秘部隊により9・11テロの黒幕を追え！ 軍事謀略小説の最高峰、ジャック・ライアン・シリーズが空前のスケールで堂々の復活。

T・クランシー
M・グリーニー
田村源二訳
ライアンの代価（1〜4）
ライアン立つ！ 再び挑んだ大統領選中、頻発するテロ。〈ザ・キャンパス〉は……。国際政治の裏の裏を暴く、巨匠の国際諜報《インテリジェンス》小説。

T・クランシー
P・テレップ
伏見威蕃訳
テロリストの回廊（上・下）
米国が最も恐れる二大巨悪組織、タリバンと南米麻薬カルテルが手を組んだ！ アメリカ中を震撼させる大規模なテロが幕を開ける。

T・クランシー
M・グリーニー
田村源二訳
米中開戦（1〜4）
中国の脅威とは——。ジャック・ライアンの活躍と、緻密な分析からシミュレートされる危機を描いた、国際インテリジェンス巨篇！

P・オースター
柴田元幸訳

ガラスの街

透明感あふれる音楽的な文章と意表をつくストーリー――オースター翻訳の第一人者によるデビュー小説の新訳、待望の文庫化！

P・オースター
柴田元幸訳

幽霊たち

探偵ブルーが、ホワイトから依頼された、ブラックという男の、奇妙な見張り。探偵小説？哲学小説？'80年代アメリカ文学の代表作。

P・オースター
柴田元幸訳

孤独の発明

父が遺した夥しい写真に導かれ、私は曖昧な記憶を探り始めた。見えない父の実像を求めて……。父子関係をめぐる著者の原点的作品。

P・オースター
柴田元幸訳

ムーン・パレス

日本翻訳大賞受賞

世界との絆を失った僕は、人生から転落しはじめた……。奇想天外な物語が躍動し、月のイメージが深い余韻を残す絶品の青春小説。

P・オースター
柴田元幸訳

偶然の音楽

〈望みのないものにしか興味の持てない〉ナッシュと、博打の天才が辿る数奇な運命。現代米文学の旗手が送る理不尽な衝撃と虚脱感。

P・オースター
柴田元幸訳

リヴァイアサン

全米各地の自由の女神を爆破したテロリストは、何に絶望し何を破壊したかったのか。そして彼が追い続けた怪物リヴァイアサンとは。

カポーティ
河野一郎訳

遠い声 遠い部屋

傷つきやすい豊かな感受性をもった少年が、自我を見い出すまでの精神的成長の途上でたどる、さまざまな心の葛藤を描いた処女長編。

カポーティ
大澤薫訳

草の竪琴

幼な児のような老嬢ドリーの家出をめぐる、ファンタスティックでユーモラスな事件の渦中で成長してゆく少年コリンの内面を描く。

カポーティ
川本三郎訳

夜の樹

旅行中に不気味な夫婦と出会った女子大生。人間の孤独や不安を鮮かに捉えた表題作など、お洒落で哀しいショート・ストーリー9編。

カポーティ
佐々田雅子訳

冷血

カンザスの片田舎で起きた一家四人惨殺事件。事件発生から犯人の処刑までを綿密に再現した衝撃のノンフィクション・ノヴェル！

カポーティ
川本三郎訳

叶えられた祈り

ハイソサエティの退廃的な生活にあこがれるニヒルな青年。セレブたちが激怒し、自ら最高傑作と称しながらも未完に終わった遺作。

カポーティ
村上春樹訳

ティファニーで朝食を

気まぐれで可憐なヒロイン、ホリーが再び世界を魅了する。カポーティ永遠の名作がみずみずしい新訳を得て新世紀に踏み出す。

あの夏、エデン・ロードで（上・下）
G・ジャーキンス
二宮 磬 訳
楽園の幼年期に「怪物」に出会ってしまった兄妹は……。予感的中、事態は最悪に——だが読まずにおれない禁断のダーク・ミステリ。

半島の密使（上・下）
A・ジョンソン
佐藤耕士訳
蓮池薫監訳
ジュンドは不条理な体制に翻弄されながらも、国家の中枢に接近しようとする。愛するものを守り抜く、青年の運命を描いた超大作。

コードネームを忘れた男（上・下）
K・トムスン
熊谷千寿訳
物忘れがひどくなった辣腕CIA工作員……。国家機密は大丈夫なのか。老スパイを追う謎の組織とは。前代未聞の超弩級エンタメ。

滅亡の暗号（上・下）
D・トマスン
柿沼瑛子訳
12／21、世界滅亡——。マヤの長期暦が記すその日の直前、謎の伝染病が。人類の命運を問う、壮大なタイムリミット・サスペンス！

羊たちの沈黙（上・下）
T・ハリス
高見 浩 訳
FBI訓練生クラリスは、連続女性誘拐殺人犯を特定すべく稀代の連続殺人犯レクター博士に助言を請う。歴史に輝く〝悪の金字塔〟。

ハンニバル（上・下）
T・ハリス
高見 浩 訳
怪物は「沈黙」を破る……。血みどろの逃亡劇から7年。FBI特別捜査官となったクラリスとレクター博士の運命が凄絶に交錯する！

フリーマントル
稲葉明雄訳
消されかけた男

KGBの大物カレーニン将軍が、西側に亡命を希望しているという情報が英国情報部に入った！　ニュータイプのエスピオナージュ。

フリーマントル
戸田裕之訳
顔をなくした男（上・下）

チャーリー・マフィン、引退へ！　ロシアでの活躍が原因で隠遁させられた上、敵視するMI6の影が——。孤立無援の男の運命は？

ディケンズ
山西英一訳
大いなる遺産（上・下）

莫大な遺産の相続人になったことで運命が変転する少年ピップを主人公に、イギリスの庶民の喜び悲しみをユーモアいっぱいに描く。

ディケンズ
加賀山卓朗訳
二都物語

フランス革命下のパリとロンドン。燃え上がる激動の炎の中で、二つの都に繰り広げられる愛と死のロマン。新訳で贈る永遠の名作。

ディケンズ
中野好夫訳
デイヴィッド・コパフィールド（一～四）

逆境にあっても人間への信頼を失わず、作家として大成したデイヴィッドと彼をめぐる精彩にみちた人間群像！　英文豪の自伝的長編。

ディケンズ
中村能三訳
オリバー・ツイスト（上・下）

救貧院の孤児として育ったオリバーは、9歳のある日そこを抜け出してロンドンに向うが、無理やり窃盗団の一味に加えられてしまう。

新潮文庫最新刊

新潮文庫最新刊

マーク・トウェイン
柴田元幸訳
ジム・スマイリーの跳び蛙
―マーク・トウェイン傑作選―

現代アメリカ文学の父であり、ユーモア溢れる冒険児だったマーク・トウェインの短編小説とエッセイを、柴田元幸が厳選して新訳！

M・デュ・ソートイ
冨永星訳
シンメトリーの地図帳

古代から続く対称性探求の果てに発見された巨大結晶「モンスター」。『素数の音楽』の著者と旅する、美しくも奇妙な数学の世界。

J・M・ケイン
田口俊樹訳
郵便配達は二度ベルを鳴らす

豊満な人妻といい仲になったフランクは、彼女と組んで亭主を殺害する完全犯罪を計画するが……。あの不朽の名作が新訳で登場。

J・M・ケイン
田口俊樹訳
カクテル・ウェイトレス

うら若き未亡人ジョーンは、幼い息子を養うため少々怪しげなバーで働くが……。『郵便配達は二度ベルを鳴らす』の巨匠、幻の遺作。

A・S・ウィンター
鈴木恵訳
自堕落な凶器（上・下）

異なる主人公、異なる犯人。三つの異なる事件が描き出す、ある夫婦の20年。全米が絶賛した革新的手法の新ミステリー、日本解禁！

J・G・ロビンソン
高見浩訳
思い出のマーニー

心を閉ざしていたアンナに初めてできた親友マーニーは突然姿を消してしまって……。過去と未来をめぐる奇跡が少女を成長させる！

Title : THE POSTMAN ALWAYS RINGS TWICE
Author : James M. Cain

郵《ゆう》便《びん》配《はい》達《たつ》は二《に》度《ど》ベルを鳴《な》らす

新潮文庫　ケ－3－1

Published 2014 in Japan
by Shinchosha Company

平成二十六年九月一日発行

訳者　田《た》口《ぐち》俊《とし》樹《き》

発行者　佐藤隆信

発行所　株式会社新潮社

郵便番号　一六二―八七一一
東京都新宿区矢来町七一
電話 編集部(〇三)三二六六―五四四〇
読者係(〇三)三二六六―五一一一
http://www.shinchosha.co.jp

価格はカバーに表示してあります。

乱丁・落丁本は、ご面倒ですが小社読者係宛ご送付ください。送料小社負担にてお取替えいたします。

印刷・株式会社三秀舎　製本・株式会社大進堂

ISBN978-4-10-214203-5 C0197